나만의 평생친구

멘토 2.0

생각한줌 희망한줌

_______________________ 님께

_______________________ 드림

한 사람도 사랑해보지 않았던 사람은 인류를 사랑하기란 불가능한 것이다. - H. 입센

2010년 3월 20일 초판 1쇄 발행

엮은이 정종덕
펴낸이 김승빈
펴낸곳 도서출판 다문
주소 서울특별시 성북구 보문동 4가 90-4호
등록 1989년 5월 10일 등록번호 제6-85호
전화 02-924-1140 팩스 02-924-1147
이메일 bookpost@naver.com

책값은 표지의 뒷면에 있습니다.

ISBN 978-89-7146-033-7 13800

다문

Mentoring

멘토링이란 경험과 지식이 풍부한 사람이 구성원을 1대1로 전담해 지도·조언하면서 실력과 잠재력을 개발시키는 것을 말한다. 조언자의 역할을 하는 사람을 멘토(Mentor), 조언을 받는 사람을 멘티(Mentee)라고 한다.

마음이 백지상태이면

一日不念善 하루라도 착한 일을 / 終身行善 한평생 착한 일을 행하여도 / 積金以遺子孫 돈을 모아 자손에게 / 恩義 廣施 은혜와 의리를 널리 / 父兮生我 아버지 나를 낳으시고 / 父母在 부모가 살아 계시면 / 孝於親 어버이에게 효도하면 / 見人之善而尋其之善 남의 착한 것을 / 大丈夫 當容人 대장부는 마땅히 / 道吾善者 나를 착하다고 / 君子有三戒 군자는 세 가지 경계할 것이 / 避色如避讐 여색 피하기를 / 慾量他人 다른 사람을 / 瓜田 不納履 남의 오이 밭에 / 知足可樂 넉넉함을 알면 / 薄施厚望者 박하게 베풀고 / 施恩勿求報 은혜를 베풀거든 / 責人者 남을 꾸짖는 자는 / 生事事生 일을 만들면 / 忍一時之忿 한 때의 분한 것을 / 惡人 罵善人 악한 사람이 / 玉不琢 不成器 옥은 다듬지 않으면 / 家若貧 집이 만약 가난하더라도 / 學如不及 배우기를 미치지 못한 / 賓客不來 손님이 오지 않으면 / 內無賢父兄 집안에 지혜로운 어버이와 / 至樂 지극한 즐거움은 / 憐兒 아이를 사랑하거든 / 父不憂心 아버지가 근심하지 않음은 / 疑人莫用 사람을 의심하거든 / 不經

一事 아무 일도 경험치 않으면　黃金千兩 황금 천 냥이　貧居鬧
市無相識 가난하게 살면　人義 사람의 의리는　士志於道 선비가
도에 뜻을　士有妬友 선비가 벗을　一星之火 한 점의 불티도
慾知其君 그 임금을 알려고　水至淸則無魚 물이 지극히 맑으면
酒不醉人 술이 사람을　遠水 먼 곳에 있는 물은　接物之要 사물
을 대하는 중요한 점은　官怠於宦成 관리는 지위가 높아지면서
爲政之要 정치에서 중요한 점은　讀書 글을 읽는 것은　一生之
計 일생의 계획은　當官之法 관리된 자가 지켜야　必以暴怒爲戒
관직에 있는 자는　痴人畏婦 어리석은 사람은　凡使奴僕 무릇
하인을 부리는 데는　子孝雙親樂 자식이 효도하면　觀朝夕之早
晏 아침저녁의 이르고 늦음을　婚娶而論財 혼인하고 장가드는
兄弟 爲手足 형제는 수족과 같고　若要人重我 만약 남이 나를 중
하게　朝廷 莫如爵 조정에는 지위보다 좋은　父不言子之德 아버
지는 아들의 덕을　言不中理 말이 이치에 맞지 않으면　口舌者
입과 혀는　口是傷人斧 입은 사람을 상하게　酒逢知己 술은 나
를 아는　與善人居 착한 사람과 같이 살면　與好學人同行 학문
을 좋아하는 사람과　路遙知馬力 길이 멀어야 말(馬)의　賢婦令
夫貴 어진 부인은 남편을　養親 어버이를 받들고　賢婦和六親
어진 부인은 가족을　不結子花 열매를 맺지 않는 꽃은　孫順家
貧 손순이 집이 가난하여　勿謂今日不學 오늘 배우지 아니 하고
서　盛年不重來 젊은 시절은 두 번　不積蹞步 발걸음을 쌓지 않
으면　順天者存 하늘에 순종하는　少年易老 소년은 늙기 쉽고
種瓜得瓜 오이씨를 심으면　聞人之過失 남의 허물을 듣거든　定
心應物 마음가짐을 편하게　酒中不語 술이 취한 가운데　耳不聞
人之非 귀로 남의 그릇됨을　官行私曲失時悔 벼슬아치가 사사로
운　得忍且忍 가능하면 참고　人不通古今 사람이 고금의 성인
家和貧也好 집안이 화목하면　不觀高崖 높은 낭떠러지를　木有
所養 나무를 잘 기르면　自信者 스스로를 믿는　結怨於人 남과
원수를 맺는　一日淸閑 하루라도 마음이　經目之事 직접 보고
경험한　國正天心順 나라가 바르면　渴時一滴 목이 마를 때　公

心 若比私心 공(公)을 위하는 마음이 / 入山擒虎易 산에 들어가 범을 / 五敎之目 다섯 가지 가르침의 / 何謂十盜 무엇을 열 가지 도적 / 富不親兮貧不疎 부유하다고 친하지 않으며

현실에 필요한 처세는

탈무드에서 ·············· 48

이 세상에서 가장 행복한 남자는 / 만나보지 않은 여자와는 / 아내를 까닭 없이 / 모든 병중에서 / 이 세상에서 다른 것으로 / 자식을 꾸짖을 때에는 / 자식이 어릴 때는 / 어린 아이는 엄하게 / 자식은 부모의 말과 / 자녀가 아버지를 존경하고 / 친구는 석탄과 같은 / 가까울수록 예의가 / 복수와 미움 / 질투는 천 개의 눈을 / 거짓말쟁이에게 주어지는 / 인간은 20년 걸려서 / 풍족한 사람이란 / 현인이 되는 일곱 가지 조건 / 어떤 사람은 젊고도 / 만나는 사람 모두에게서 / 아내를 고를 때 / 벗이 화내고 있을 때 / 당신의 친구가 / 술이 머리에 들어가면 / 악마가 사람을 방문하기에 / 아침 늦게 일어나고 / 향수 상점에 들어가서 / 어떤 남자라도 / 기억을 증진시키는 / 내일을 염려해야 / 인간은 세 종류가 / 누구든지 한 생명을 / 자기를 아는 것이 / 학교가 없는 도시 / 열 가지 고뇌를 / 자신의 머리로 / 휴일은 인간에게 / 아내에게 정신적 / 가정은 사회의 / 남편과 아내의 성행위는 / 생활의 안정도 / 성(性)은 강 같은 / 술은 인간의 뇌를 / 정열 때문에 결혼해도 / 모르는 것에 대해 / 인간은 책에서 / 질문을 한다는 / 책은 읽는 것이 / 책을 쓰는 사람은 / 저술가는 단지 / 책을 읽는 사람도 / 기적을 바라는 / 기도하지 말고 / 당신이 부모를 / 아이가 하나밖에 / 유연한 나무는 / 취한 자는 술의 질을 / 가려운 곳을 긁는 / 행운에서 불운까지 / 자기보다 현명한 / 자기가 진보하지 않으면 / 가르침을 이해하지도 / 아무리 치졸한 / 보트를 저어 / 무엇을 보아도 / 인생

에서 돈　정의가 결여된　자만심과 돈은　돈은 비료와　돈은 인간에게　사람의 눈은　울어도 웃어도　칼을 갈 때는　소문은 친구　두툼한 돈지갑이　돈을 벌기는　돈은 기회를　가난하기 때문에　돈이란 악함도　돈이란 인정 없는　자기가 갖고 있는　필요한 돈을 빌리는　많은 것을 가진　돈이란 선인에게는　재물이 많으면　가난함은 수치가　남에게 돈을 빌려줄　하늘과 땅을 웃기려면　이미 끝나버린　하나님은 밝은 사람을　어차피 같은 음식을　가장 훌륭한 지혜는　남을 행복하게　남의 강요에 의해　모르는 사람에게　자신의 결점을　마음을 닦는 것은　무거운 포도송이　몸을 닦는 것은　매일매일 자기 자신을　사람들은 길에서　행복에서 불행으로　이상(理想)이 없는 교육은　금전의 차용은　책으로부터　기도 시간은　살아있는 사람에게서　옳은 것을 배워　자기 결점을　신은 바르게 사는　생물 가운데　산양에게 수염이　당나귀가 예루살렘에　자녀를 가르치는　아들에게　근면함을　사람은 누구나　사랑이 아무리　금과 은은　노인을 공경하지 않는　뜨거운 정열로　결혼식의 연주　정열은 불이다　사랑은 잼과　결혼이란 굴레는　좋은 말(馬)에　자식이 결혼할 때는　결혼할 때는　초혼은 하늘에　이상적인 남자는　남자는　두 볼　입을 다물 줄　새장으로부터　당나귀는 긴　입보다 귀를　인간이 말을　겉치레 인사는　거짓말을 해서는　거짓말쟁이는　가장 큰 고통은　물고기는 언제나　어떤 사람이고　애매한 친구보다는　늙은이가 젊은　서로가 자신의　꿈을 치다 보면　향수 가게에　손님과 생선은　소문은 가장 좋은　낯선 사람의　신 앞에서　음식은 냄비　투박한 항아리　꽃양배추에 사는　인간의 탄생과　길을 열 번　아무리 길고　식사는 자기의　유대 민족이　우물에 침을　기적을 바라는　정원을 보면　운 없는 사람은　단번에 바다를　매일을 마지막　성공의 절반은　성공의 문을　부부가 진심으로　아내는 남자의　아내를 선택할 때　자식들을 키우면서　가정에서 부도덕한　자녀가 아버지를　자녀가 아버지의　아버지에게 말대꾸　아버지가 남과 다툴 때　남자는 결혼하고 / 아무리 친한 친구라도 / 인간은 세 가지 벗을 / 남자가 여자에게 끌리는 / 하나님이 최초의 여자를 / 다른 사람보다 뛰어난 / 죽으면 벌레에게 / 어차피 헤어질 바엔 / 어리석은 자의 노년은 / 명성은 손에 넣지 / 신은 인간의 마음을 / 내일 일어날 일을 / 이미 대지 위에 / 아이들을 가르친다는 / 자기 자신에 대해 / 청년은 부모가 / 인생은 인내와 / 잘 쓰고, 잘 / 떠들어대기를 좋아하는 / 험담이 심한

어른이 되고 싶으면

學而時習之 배우고 때마다 익히면 / 巧言令色 말을 잘 꾸미고 / 吾日三省吾身 나는 날마다 세 가지로 / 君子食無求飽 군자는 먹음에 배부름을 / 不患人之不己知 남들이 나를 알아주지 / 道之以政 법으로 이끌고 / 吾十有五而志于學 나는 열다섯에 / 溫故而知新 옛것을 익혀 / 君子周而不比 군자는 두루 잘 / 學而不思則罔 배우기만 하고 / 人而不仁 사람인데도 어질지 / 不仁者 어질지 못한 자는 / 富與貴 부유함과 귀함은 / 朝聞道 아침에 도(道)를 / 不患無位 지위 없음을 근심하지 / 人之生也 인간의 삶은 / 見賢思齊焉 어진 이를 보면 / 君子喩於義 군자는 의리에 / 父母在 부모님 살아 계시면 / 德不孤 덕(德)이 있는 사람은 / 知者樂水 지혜로운 사람은 물을 / 夫仁者 인자(仁者)란 / 事君數 임금을 섬기는데 / 知之者 알기만 하는 사람은 / 三人行 세 사람이 같이 / 奢則不孫 사치하면 불손하기 / 廐焚 마구간에 불이 / 不在其位 그 직위에 있지 / 學如不及 배움이란 도달할 수 / 絶四 네 가지를 근절 / 擧直錯諸枉 정직한 사람을 / 過猶不及 지나친 것은 / 席不正不坐 자리가 바르지 / 克己復禮 자기를 극복하여 / 非禮勿視 예(禮)가 아니면 / 己所不欲 자기가 하고 싶지 / 忠告而善道之 충고하여 이끌어 / 和

而不同 남과 화합하되 / 剛毅木訥 강직하고 의연하고 / 有德者 덕 (德)이 있는 사람은 / 士而懷居 선비가 편안하게 / 人無遠慮 사람이 먼 앞날을 / 求諸己 모든 책임의 / 不而不改 잘못을 저지르고도 / 益者三友 유익한 벗이 셋 / 君子有九思 아홉 가지 생각하는 / 唯上知與下愚 가장 지혜로운 / 年四十而 나이 사십이 되어서도 / 惠而不費 은혜를 베풀되 / 博學而篤志 널리 배우되 / 有三變 세 가지 다른 모습 / 信而後 신의를 얻은 후에 / 信而後 諫 믿음을 얻은 후에 / 弟子入則孝 젊은이들은 집안에 / 其身正 不令而行 그 자신이 바르면 / 苟正其身矣 참으로 자기 자신을 / 賢賢易色 속의 훌륭한 덕성을 / 父在 觀其志 아버지가 살아계실 때 / 爲政以德 정치를 덕으로써 / 我不欲人之加諸我也 나는 남이 나에게 / 問善人之道 성현의 가르침을 좇지 / 君子有三戒 군자가 경계해야 할 / 君子 有三畏 군자는 두려워할 일 / 性相近也 사람의 천성은 서로 / 唯女子與小人 여자와 소인은 다루기 / 不敎而殺 백성을 가르치지 않고

회사에서 성공하려면

누구도 항상 / 자신의 불행과 고뇌를 / 자신의 부주의로 / 후임자보다 자신이 / 예절이 갖는 힘을 / 남에게 환영을 받는 / 승인은 약속이 아니며 / 감사를 받기 위해서는 / 자신의 자질을 / 어느 정도의 욕심과 / 우정을 지키는 일은 / 언제나 신뢰할 수 있는 / 시련을 딛고 선 / 경쟁자를 친구로 / 은혜를 베풀려면 / 기록은 기억을 / 남의 약점을 / 비밀은 말하지도 / 어떤 일도 완성되기 / 일은 쉬면서 / 전임자와 어깨를 / 시대의 추세를 / 직장에서는 조금 / 현명한 사람은 / 잘못을 발견했을 때엔 / 인위적인 것보다 / 아무리 가까운 사이라도 / 사업이 실패하면 / 몇 가지 결점만 / 감언이

설에 / 인간적으로 속는 / 지능이 뛰어나도 / 착한 뜻을 가진 / 업적과 선행도 / 말에 꿀을 / 예의바른 몸가짐은 / 무장한 적은 / 남에게 사랑을 / 상대방의 진가를 / 가십(뜬소문)을 / 남을 너무 비난해서는 / 분별 있게 / 아무에게나 도움을 / 상대방의 겉만 보고 / 쾌활한 성격은 / 너무 선량해도 / 스스로 노력해서 / 함부로 화를 / 경솔한 사람은 / 자신의 결정적인 / 인간으로서의 완성을 / 잘 알지 못하는 / 때로는 상식 밖의 / 세상 평판이 / 그만두어야 할 / 지혜로운 사람들을 / 한 번 시작한 / 지식이 풍부한 / 친구는 / 거짓말을 해서는 / 그날그날 쫓기는 / 인생의 목표로 / 자신의 목표에 / 세련되고 고상한 / 일상생활에 필요한 / 싫어하는 사람을 / 정직한 사람을 / 말은 간결할수록 / 주어진 틀 안에서 / 상대방의 언행을 / 모든 사물에는 / 균형 잡힌 사고 / 상대방의 결점을 / 남이 넌지시

도를 아십니까?

三十輻共一 삼십 개의 바퀴살이 / 企者不立 발돋움하는 자는 / 重爲輕根 무거움은 가벼움의 / 將欲取天下而爲之 천하를 얻고자 하여 / 夫佳兵者 훌륭한 병기는 / 道常無名 참된 도(道)에는 / 知人者智 남을 아는 자는 지혜롭고 / 名與身孰親 명성과 생명은 어느 것이 / 大成若缺 아주 완성된 것은 / 天下有道 천하에 도(道)가 있으면 / 古之善爲道者 옛날의 도를 잘 닦은 / 不出戶 문밖을 나오지 않아도 / 信言不美 진실한 말은 / 爲學日益 학문을 하면 지식이 / 以正治國 정도로써 나라를 / 善爲士者不武 진실로 선비인 자는 / 人之生也柔弱 사람이 살아 있을 때는 / 五色令人目盲 오색(五色)은 사람의 눈을 / 絶聖棄智 성(聖)을 끊고 지혜를 버리면 / 知不知上 알면서도 알지 못한다고 / 上善若水 최상의 덕(德)은 물과 / 治人

事天莫若嗇 사람을 다스리고 / 天下皆知美之爲美 세상 모든 이가 / 不尙賢 훌륭하다는 사람

꿈에 나비가 되고 싶다면

작은 것은 큰 것을 / 짧게 사는 것은 / 각자 삶의 분수와 / 물건의 쓰임이란 / 파괴가 완성이며 / 조삼모사(朝三暮四) 분별은 의미 없는 / 삶도 죽음도 / 꿈에서 나비가 / 앎을 버려야 / 선과 악의 중간 / 죽음과 삶에 / 마음을 비워야 / 상대방의 본성에 / 사물에 지배당하지 않고 / 사람은 편안히 / 마음 쓰기를 / 인위가 가해지면 / 학의 다리가 / 인의(仁義)로 본성을 / 빙비가 여으로 / 성인이 없어져야 / 인위적인 정치로는 / 인위적인 행동은 / 인위적인 지혜로 / 진흙탕에 꼬리를 / 죽음이란 자연의 / 자연의 도를 / 모든 생명은 / 단계적으로 수양을 / 마음과 외물이 / 자신을 잊고 / 지극한 도리는 / 재주만 믿고 / 뜻이 크지 못하면 / 백성을 위해 / 남의 말에 / 알기는 쉽지만 / 고집하면 적개심이 / 형식만을 꾸미는 / 사람 보는 법 아홉 가지 / 하늘과 땅을 / 작은 것과 큰 것의 차이 / 자기도 대상도 없이 / 고요하려면 마음을 / 자기 본성을 함부로 / 사람이 궁해지는 여덟 가지 법칙

사람을 잘 사귀려면

친구에게 원한을 품지 말라 / 사람을 움직이는 3가지 대원칙 / 자신을 돌아보는 평가들 / 사람을 싫어하는 것을 고치는 간단한 방

법 / 도중에 포기하지 말라 / 걱정에 대하여 반드시 알아야 할 기초적인 사실들 / 걱정을 분석하는 기본적인 방법 / 걱정이 습관화되기 전에 벗어나는 방법 / 피로와 걱정을 예방하고 힘과 열정을 잃지 않는 6가지 방법 / 비난이나 비평, 불평을 하지 말라 / 솔직하고 진지하게 칭찬하라 / 다른 사람들의 열렬한 욕구를 불러일으켜라 / 다른 사람들에게 순수한 관심을 기울여라 / 미소를 지어라 / 상대방의 이름을 잘 기억하라 / 남의 말을 잘 들어주는 사람이 되어라 / 상대방의 관심사에 대해 이야기하라 / 성실한 태도로 상대방이 중요하다는 느낌이 들게 하라 / 잘못했으면 솔직히 인정하라 / 우호적인 태도로 말을 시작하라 / 상대방이 당신의 말에 즉각 "네, 네"라고 대답하게 하라 / 상대방으로 하여금 많은 이야기를 하게 하라 / 상대방으로 하여금 그 아이디어가 바로 자신의 것이라고 느끼게 하라 / 상대방의 관점에서 사물을 볼 수 있도록 성실히 노력하라 / 상대방의 생각이나 욕구에 공감하라 / 보다 고상한 동기에 호소하라 / 칭찬과 감사의 말로 시작하라 / 잘못을 간접적으로 알게 하라 / 자신의 실수를 먼저 이야기하라 / 아무도 명령받기를 좋아하지 않는다 / 상대방의 체면을 세워주어라 / 아주 작은 진전에도 칭찬을 아끼지 말라 / 상대방에게 훌륭한 명성을 갖도록 해주어라 / 격려해 주어라 / 당신이 제안하는 것을 상대가 기꺼이 하도록 만들어라 / 논쟁을 피하라 / 결코 "당신이 틀렸다"고 말하지 말라 / 웃음은 인간의 모든 독을 제거하는 해독제이다 / 피로는 노동 때문이라기보다는 / 남을 이해하고 용서하는 것은 / 내가 알고 있는 최대의 비극은 / 마음속에서 즐거운 듯이 / 책임을 지고 일을 하는 사람은 / 행운은 매달 찾아온다 / 무엇인가를 이루려고 하는 마음이 / 밝은 성격은 / 보다 많이 구하면 / 최상의 자리란 / 웃음이 적은 곳에는 / 행복의 비결은 / 그대가 불쾌한 기분 속으로 / 미소는 만물의 / 사람에게는 / 실패들로부터 / 어떤 일에 열중하기 위해서는 / 자기의 능력이나 실력은 / 지금이야말로 / 친구를 얻게 되고 / 좋은 기회란 / 타인을 대할 때는 / 하고자 하는 일은 / 행복은 자기 자신에게 / 행복의 유일한 방법은 현대는 연출의 시대다 / 현재의 이 시간이 더할 수 없는 보배다 / 언뜻 보기에 / 세상은 스피드 시대이다 / 행복해지고 싶으면 / 여자는 자신의 생일과 결혼기념일을 매우 소중히 여긴다 / 기회를 놓치지 말라 / 남자는 안달을 부리던가 / 당신이 내일 만날 사람들 중 / 도중에 포기하지 말라 / 남을 비난하는 것은 / 웃음은 근심 없는

부록

짧은 명언 모음 / 항상 즐거운 삶을 사는 방법 / 새로워지는 방법 / 당당해지는 방법 / 발전하는 방법 / 차분해지는 방법 / 즐거워지는 방법 / 행복해지는 방법 / 편안해지는 방법 / 여유로워지는 방법 / 사랑스러워지는 방법

마음이 백지상태일 때

● 명심보감에서

명심보감(明心寶鑑)은 고려 충렬왕(忠烈王1236~1308) 때 문신이었던 추적(秋適) 선생이 중국의 오랜 고전에서부터 송(宋)대에 이르기까지의 문헌에서 금언(金言), 명구(名句)를 모아 편찬한 책으로서 일찍이 청소년 교육을 위하여 널리 읽혀온 고전이다. 이 명심보감에는 유불선(儒佛仙) 각 분야의 사상을 담은 명언, 명구가 실려 있어서 동양의 정신세계를 쉽게 이해하는 데 크게 도움이 되며, 그리고 동양과 서양의 문화, 그리고 전통과 현대의 혼효(混淆)로 갈등하고 있는 현대인에게 우리 스스로의 정체성을 찾는 데도 도움이 될 것이다.

마음이 백지상태 일 때
— 명심보감에서

莊子曰 一日不念善 諸惡 皆自起.

장자가 말하기를 "하루라도 착한 일을 생각지 않으면 모든 악한 것이 저절로 일어나느니라."고 하셨다.

馬援이 曰 終身行善 善猶不足 一日行惡 惡者猶餘.

마원이 말하기를 "한평생 착한 일을 행하여도 착한 것은 오히려 부족하고 단 하루 악한 일을 행하여도 악은 스스로 남음이 있느니라."고 하셨다.

司馬溫公 曰 積金以遺子孫 未必子孫 能盡守 積書以遺子孫 未必子孫 能盡讀 不如積陰德於冥冥之中 以爲子孫之計也.

사마온공이 말하기를 "돈을 모아 자손에게 넘겨준다 하여도 자손이 반드시 다 지킨다고 볼 수 없으며, 책을 모아서 자

손에게 남겨 준다 하여도 자손이 반드시 다 읽는다고 볼 수
없다. 남모르는 가운데 덕(德)을 쌓아서 자손을 위한 계획을
하느니만 같지 못하느니라."고 하셨다.

景行錄 曰 恩義 廣施 人生何處不相逢 讐怨 莫結 路逢狹處
難回避.

《경행록》에 말하기를 "은혜와 의리를 널리 베풀라. 인생
이 어느 곳에서든지 서로 만나지 않으랴? 원수와 원한을 맺지
말라. 길 좁은 곳에서 만나면 피하기 어려우니라."고 하셨다.

주) 송나라 때의 저작으로 '착한 행실을 기록한 책'이라고 하는데, 실전(失傳)되어 자세한
내용은 전해지지 않는다.

詩曰 父兮生我 母兮鞠我 哀哀父母 生我劬勞 欲報深恩 昊
天罔極.

《시경》에 이르기를 "아버지 나를 낳으시고 어머니 나를
기르시니 아아 애달프다 부모님이시어 나를 낳아 기르시느라
고 애쓰고 수고하시었다. 그 은혜를 갚고자 하나 넓은 하늘처
럼 다함이 없네"라고 하였다.

주) 춘추 시대의 민요를 중심으로 하여 모은 중국에서 가장 오래 된 시가집이다.

子曰 父母在 不遠遊 遊必有方.

공자가 말하기를 "부모가 살아 계시면 멀리 떠나지 않으며 떠날 때는 반드시 방향을 알려야 하느니라."라고 하셨다.

太公曰 孝於親 子亦孝之 身既不孝 子何孝焉.

태공이 말하기를 "내가 어버이에게 효도하면 내 자식이 또한 나에게 효도한다. 내가 어버이에게 효도를 하지 않는다면 자식이 어찌 나에게 효도하겠는가?"라고 하셨다.

주) 태공(太公) 또는 태공망(太公望) : 성은 강(姜)이고 이름은 상(尙). 흔히 강태공이라 한다.

性理書 云 見人之善而尋其之善 見人之惡而尋其之惡 如此 方是有益.

≪성리서≫에 이르기를, "남의 착한 것을 보고서 나의 착한 것을 찾고, 남의 악한 것을 보고서 나의 악한 것을 찾을 것이니 이와 같이 함으로써 드디어 유익함이 있을 것이니라."고 하였다.

景行錄 云, 大丈夫 當容人 無爲人所容.

≪경행록≫에 이르기를, "대장부는 마땅히 남을 용서할지언정 남의 용서를 받는 사람이 되지 말 것이니라."고 하였다.

道吾善者 是吾賊 道吾惡者 是吾師.

나를 착하다고 말하여 주는 사람은 곧 내게 해로운 사람이요, 나의 나쁜 점을 말하여 주는 사람은 곧 나의 스승이니라.

子曰 君子有三戒 少之時 血氣未定 戒之在色 及其長也 血氣方剛 戒之在鬪 及其老也 血氣旣衰 戒之在得.

공자가 말하기를, "군자는 세 가지 경계할 것이 있으니 어릴 때는 혈기가 정하여지지 않았는지라 경계할 것이 여색에 있고, 몸이 장성함에 이르면 혈기가 바야흐로 강성한지라 경계할 것이 싸움하는데 있으며, 몸이 늙음에 이르면 혈기가 이미 쇠한지라 경계할 것이 탐하여 얻으려는데 있느니라."고 하셨다.

夷堅志 云 避色 如避讐 避風 如避箭 莫喫空心茶 小食中夜飯.

≪이견지≫에 말하기를, "여색 피하기를 원수 피하는 것과 같이하고 바람을 피하기를 날아오는 화살 피하는 것 같이하며 빈속에 차를 마시지 말고 밤중에는 밥을 적게 먹어라."고 하였다.

주) 송(宋)나라 때의 홍매(洪邁 : 1123~1202)가 엮은 설화집(說話集)이다.

太公 曰 慾量他人 先須自量. 傷人之語 還是自傷 含血噴人 先汚其口.

태공이 말하기를, "다른 사람을 알려고 하거든 먼저 스스로를 헤아려 보라. 남을 해치는 말은 도리어 스스로를 해치는 것이니 피를 머금어 남에게 뿜으면 먼저 자기의 입이 더러워지느니라."고 하셨다.

太公 曰 瓜田 不納履 李下 不正冠.

태공이 말하기를, "남의 오이 밭에서는 신을 고쳐 신지 말고 남의 자두나무 아래에선 갓을 고쳐 쓰지 말라."고 하셨다.

景行錄 云 知足可樂 務貪則憂.

≪경행록≫에 이르기를, "넉넉함을 알면 가히 즐거울 것이요, 욕심이 많으면 곧 근심이 되느니라."고 하였다.

素書 云 薄施厚望者 不報 貴而忘賤子 不久.

≪소서≫에 이르기를, "박하게 베풀고 후한 것을 바라는 자에게는 보답이 없고, 몸이 귀하게 되고 나서 어렵고 힘든 때를 잊는 자는 오래 계속하지 못하느니라."고 하였다.

주) 송(宋)의 장상영(張商英)이 황석공(黃石公)의 이름을 빌어 주(註)를 붙이는 형식으로 엮은 책. 유(柔)로써 강(剛)을 누르고 퇴(退)로써 진(進)하는 이치를 밝힌 것으로 전 1권이다.

施恩勿求報 與人勿追悔.

"은혜를 베풀거든 그 보답을 바라지 말고, 남에게 주었거든 후회하지 말지니라."

景行錄 云 責人者 不全交 自恕者 不改過.

≪경행록≫에 이르기를, "남을 꾸짖는 자는 사귐을 온전히 할 수 없고, 자기를 용서하는 자는 허물을 고치지 못하느니라."고 하였다.

生事事生 省事事省.

"일을 만들면 일이 생기고 일을 덜면 일이 없어지느니라."

忍一時之忿 免百日之憂.

"한 때의 분함을 참으면 백날의 근심을 면할 수 있느니라."

惡人 罵善人 善人 摠不對. 不對 心淸閑. 罵者 口熱沸 正如人 唾天 還從己身墜.

"악한 사람이 착한 사람을 꾸짖으면 착한 사람은 전혀 대꾸하지 마라. 대꾸하지 않는 사람은 마음이 맑고 한가하나, 꾸짖는 자는 입에 불이 붙는 것처럼 뜨겁게 끓느니라. 마치 사람이 하늘에다 대고 침을 뱉는 것 같아서 그것이 도로 자기 몸에 떨어지느니라."

禮記 曰 玉不琢 不成器 人不學 不知義.

《예기》에 말하기를, "옥은 다듬지 않으면 그릇이 되지 못하고, 사람은 배우지 않으면 의(義)를 알지 못하느니라."고 하였다.

주) 중국 유가 5경(五經) 중의 하나. 원문은 공자(BC 551~479)가 편찬했다고 전해진다. 공자가 직접 지은 책에는 '경'(經) 자를 붙이므로 원래 이름은 〈예경〉이다.

朱文公 曰 家若貧 不可因貧而廢學 家若富 不可恃富而怠學 貧若勤學 可以立身 富若勤學 名乃光榮 有見學者顯達 不見學者不成. 學者 乃身之寶 學者 乃世之珍. 是故 學則乃爲君子 不學則爲小人 後之學者 宜各勉之.

주문공이 말하기를, "집이 만약 가난하더라도 가난한 것으로 인해서 배우는 것을 버리지 말 것이요. 집이 만약 부유하더라도 부유한 것을 믿고 학문을 게을리 해선 안 된다. 가난한 자가 만약 부지런히 배운다면 출세할 수 있을 것이요, 부유한 자가 만약 부지런히 배운다면 이름이 더욱 빛날 것이니라. 오직 배운 자가 훌륭해 지는 것을 보았으며 배운 사람으로서 성취하지 못하는 것은 보지 못했다. 배움이란 곧 몸의 보배요, 배운 사람이란 곧 세상의 보배다. 그러므로 배우면군자가 되고 배우지 않으면 천한 소인이 될 것이니 후에 배우는 자는 마땅히 각각 힘써야 하느니라.”고 하셨다.

주) 주문공(주자) : 중국 남송 때의 대유학자. 이름은 희. 자는 원회 또는 중회. 호는 회암이
다. 성리학을 대성하였으며 이를 주자학 이라고도 한다.

論語 日 學如不及 惟恐失之.

≪논어≫에 말하기를, “배우기를 미치지 못한 것 같이 하고
배운 것을 잃을까 두려워할지니라.”고 하였다.

景行錄 云 賓客不來 門戶俗 詩書無敎 子孫愚.

≪경행록≫에 이르기를, “손님이 오지 않으면 십안이 서속
해 지고 시서(詩書)를 가르치지 않으면 자손이 어리석어 지느
니라.”고 하였다.

呂榮公 日 內無賢父兄 外無嚴師友而能有成者 鮮矣.

여영공이 말하기를, “집안에 지혜로운 어버이와 형이 없고
밖으로 엄한 스승과 벗이 없으면 능히 뜻을 이룰 수 있는 자
가 드무니라.”고 하셨다.

주) 여영공(呂榮公) : 북송(北宋)의 학자로 이름은 희철(希哲), 자는 원명(原明)이고 영공(榮
公)은 시호이다. 영국공(榮國公)은 그의 봉호(封號)이다.

至樂 莫如讀書 至要 莫如敎子.

“지극한 즐거움은 책을 읽는 것보다 좋은 것이 없고 지극히

요긴한 것은 자식을 가르치는 것 보다 나은 것이 없느니라."

憐兒 多與棒 憎兒 多與食.
"아이를 사랑하거든 매를 많이 들고 아이를 미워하거든 먹을 것을 많이 주어라."

父不憂心 因子孝 夫無煩惱 是妻賢 言多語失 皆因酒 義斷 親疎 只爲錢.
"아버지가 근심하지 않음은 자식이 효도하기 때문이요, 남편이 번뇌가 없는 것은 아내가 어질기 때문이다. 말이 많아 말에 실수함은 술 때문이요, 의가 끊어지고 친한 사이가 갈라지는 것은 오직 돈 때문이니라."

疑人莫用 用人勿疑.
"사람을 의심하거든 쓰지 말고, 사람을 쓰거든 의심하지 말지니라."

不經一事 不張一智.
"아무 일도 경험치 않으면 아무런 지혜도 자라지 않느니라."

黃金千兩 未爲貴 得人一語 勝千金.

“황금 천 냥이 귀한 것이 아니고 다른 사람의 말 한마디 듣는 것이 천금보다 나으니라.”

貧居鬧市無相識 富住深山有遠親.

“가난하게 살면 번화한 시장거리에 살아도 서로 아는 사람이 없고, 넉넉하게 살면 깊은 산 중에 살아도 먼 데서 찾아오는 친구가 있느니라.”

人義 盡從貧處斷 世情 便向有錢家.

“사람의 의리는 다 가난 때문에 끊어지고 세상의 인정은 곧 돈 있는 집으로 쏠리느니라.”

子曰 士志於道而恥惡衣惡食者 未足與議也.

공자가 말하기를, “선비가 도에 뜻을 두면서 악의악식(惡衣惡食)을 부끄럽게 하는 자는 서로 더불어 의논할 사람이 못되느니라.”고 하셨다.

荀子曰 士有妬友則賢交不親 君有妬臣則賢人不至.

순자가 말하기를, “선비가 벗을 투기하는 일이 있으면 어진 사람과 친할 수 없고, 임금이 신하를 투기하는 일이 있으면 어진 신하가 오지 않느니라.”고 하셨다.

高宗皇帝御製 日 一星之火 能燒萬頃之薪 半句非言 汚損平生之德. 身被一縷 常思織女之勞 日食三飡 每念農夫之苦. 苟貪妬損 終無十載安康 積善存仁 必有榮華後裔. 福緣善慶 多因積行而生 入聖超凡 盡是眞實而得.

고종황제 어제에 말하기를, "한 점의 불티도 능히 만경의 숲을 태우고, 짧은 반 마디 그릇된 말로도 평생의 덕(德)을 허물어뜨린다. 몸에 한 오라기의 실을 둘렀어도 항상 베 짜는 여인의 수고로움을 생각하고, 하루 세 끼니의 밥을 먹을 때도 농부의 고생을 생각하라. 미워하고 탐내고 시기해서 남에게 손해를 끼친다면 마침내 10년의 편안함도 없을 것이요, 선(善)을 쌓고 인(仁)을 보존하면 반드시 후손들에게 영화가 있으리라. 행복과 경사는 대부분이 선행을 쌓는데서 생겨나고 평범함을 초월해서 성인의 경지에 들어가는 것은 다 진실함으로써 얻어지는 것이니라."

주) 임금이 지은 글을 말한다.
주) 지면(地面)이나 수면(水面)이 아주 너름을 일컫는 말이다.

王良 日 慾知其君 先視其臣 慾識其人 先視其友 慾知其父 先視其子. 君聖臣忠 父慈子孝.

왕량이 말하기를, "그 임금을 알려고 한다면 먼저 그 신하를 보고, 그 사람을 알려고 한다면 먼저 그 벗을 보고, 그 아버지를 알려고 한다면 먼저 그 자식을 보라. 임금이 성군이면 그 신하가 충성스럽고, 아버지가 인자하면 자식이 효행하느니라.”고 하셨다.

家語 云 水至淸則無魚 人至擦則無道.

≪가어≫에 이르기를, “물이 지극히 맑으면 고기가 없고, 사람이 지극히 살피면 친구가 없느니라.”고 하였다.

주) 공자가어(孔子家語)를 말함. 공자의 말과 행동 및 그 제자와의 문답을 적은 책. 공안국(孔安國)이라는 사람이 편찬한 것으로 처음에는 27권이었으나 후에 10권 44책이 되었다.

酒不醉人人自醉 色不迷人人自迷.

술이 사람을 취하게 하는 것이 아니라, 사람이 스스로 취하는 것이요, 색이 사람을 어리석게 만드는 것이 아니라, 사람이 스스로 어리석게 하는 것이니라.

性理書 云 接物之要 己所不慾 勿施於人 行有不得 反求諸己.

≪성리서≫에 이르기를, “사물을 대하는 중요한 점은 본인이 하기 싫은 것을 남에게 시키지 말고, 자신의 행동이 성과를 얻지 못할 때는 자신에게 그 원인이 있는지 돌이켜 생각해 보아야 하느니라.” 하였다.

遠水 不救近火 遠親 不如近隣.

먼 곳에 있는 물은 가까운 불을 끄지 못하고, 먼 곳에 사는 친척은 가까이 사는 이웃만 같지 못하느니라.

說苑 曰 官怠於宦成 病加於小癒 禍生於懈怠 孝衰於妻子 察此四者 愼終如始.

《설원》에 말하기를, "관리는 지위가 높아지면서 게을러지고, 병은 조금 나아진데서 심해지며, 재앙은 게으른 데서 생기고, 효도는 처자가 있으므로 흐려진다. 이 네 가지를 살펴서 처음과 나중을 신중히 할지니라."고 하였다.

주) 중국(中國) 전한(前漢) 때 유향(劉向)이 편찬(編纂)한 일화집. 현인(賢人)들의 일화가 수록(收錄)되어 있다.

景行錄 云 爲政之要 曰工與淸 成家之道 曰儉與勤.

《경행록》에 이르기를, "정치에서 중요한 점은 공평하고 청렴한 것이요, 집을 일으키는 길은 검소하고 부지런한 것이니라."고 하였다.

讀書 起家之本 循理 保家之本 勤儉 治家之本 和順 齊家之本.

글을 읽는 것은 집을 일으키는 근본이요, 이치에 따름은 집을 보존하는 근본이요, 부지런하고 절약하는 것은 집을 다스

리는 근본이요, 화목하고 순종하는 것은 집안을 편안케 하는
근본이니라.

孔子三計圖 云 一生之計 在於幼 一年之計 在於春 一日之計
在於寅 幼而不學 老無所知 春若不耕 秋無所望 寅若不起 日無
所辨.

공자가 삼계도에 이르기를, "일생의 계획은 어릴 때에 있
고, 일 년의 계획은 봄에 있고, 하루의 계획은 새벽에 있다.
어려서 배우지 않으면 늙어서 아는 것이 없고 봄에 밭 갈지
않으면 가을에 바랄 것이 없으며, 새벽에 일어나지 않으면 그
날의 할 일이 없다."고 하셨다.

주) '세가지의 계획'을 말한다.

蒙訓 日 當官之法 唯有三事 日淸日愼日勤 知此三者면 知
所以持身矣.

《동몽훈》에 말하기를, "관리된 자가 지켜야 할 법은 오직
세 가지가 있으니 청렴과 신중과 근면이다. 이 세 가지를 알
면 처신할 바를 아느니라."고 하였다.

주) 여씨(呂氏)의 《동몽훈(童蒙訓)》. 송나라 때 여본중이라는 사람이 학생들을 가르치기 위
해 지은 책이다.

當官者 必以暴怒爲戒. 事有不可 當詳處之 必無不中 若先 暴怒 只能自害. 豈能害人.

관직에 있는 자는 반드시 심하게 성내는 것을 경계하라. 일에 옳지 않음이 있거든 반드시 자상하게 처리하면 반드시 이루어 지지 않는 것이 없으려니와 만약 먼저 화부터 낸다면 오직 자신을 해롭게 할 뿐이니라. 어찌 남을 해롭게 할 수 있으리오.

太公 日 痴人畏婦 賢女敬夫.

태공이 말하기를, "어리석은 사람은 아내를 두려워하고 어진 여자는 남편을 공경하느니라."고 하셨다.

凡使奴僕 先念飢寒.

무릇 하인을 부리는 데는 먼저 그들의 춥고 배고픔을 생각할지니라.

子孝雙親樂 家和萬事成.

자식이 효도하면 어버이가 즐겁고, 집안이 화목하면 모든 일이 잘 이루어지느니라.

景行錄 云 觀朝夕之早晏 可以卜人家之興替.

≪경행록≫에 이르기를, "아침저녁 식사시간의 이르고 늦

음을 보아 가히 그 사람의 집이 흥하고 쇠함을 알 수 있느니
라."고 하였다.

文仲子 曰 婚娶而論財 夷虜之道也.

문중자가 말하기를, "혼인하고 장가드는 데 재물을 논하는
것은 오랑캐의 일이니라."고 하셨다.

주) 수(隋)나라의 사상가(584~617). 이름은 왕통(王通), 자는 중엄(仲淹)이고, 문중자는 시호
이다. 당나라 왕발(王勃)의 조부이다.

莊子曰 兄弟 爲手足 夫婦 爲衣服 衣服破時 更得新 手足斷
處 難可續.

장자가 말하기를, "형제는 수족과 같고 부부는 의복과 같으
니 의복이 떨어졌을 때는 새것으로 갈아입을 수 있으나 수족
이 잘라진 곳은 잇기가 어려우니라."고 하셨다.

若要人重我 無過我重人.

"만약 남이 나를 중하게 여김을 바란다면 내가 먼저 남을
중히 여기는 것보다 더 나은 것이 없느니라."

曾子曰 朝廷엔 莫如爵 鄕黨 莫如齒 輔世長民 莫如德.

증자가 말하기를, "조정에는 지위보다 좋은 것이 없고, 한
고을에는 나이가 많은 사람보다 나은 이 없으며, 나랏일을 잘

하고 백성을 다스리는 것에는 덕(德)만한 것이 없느니라.”고
하셨다.

주) 증자 : 춘추시대(春秋時代)의 유학자로 이름은 삼(參), 자는 자여(子輿). 공자의 도(道)를
계승하였다.

父不言子之德 子不談父之過.

“아버지는 아들의 덕을 자랑하지 말 것이며, 자식은 아버지
의 허물을 말하지 말아야 할지니라.”

劉會曰 言不中理 不如不言.

유회가 말하기를, “말이 이치에 맞지 않으면 차라리 말하지
아니함만 못하느니라.”고 하셨다.

君平 曰, 口舌者 禍患之門 滅身之斧也.

군평이 말하기를 “입과 혀는 화(禍)와 근심의 근본이며, 몸
을 망하게 하는 도끼와 같은 것이니 말을 삼가야 할지니라.”
고 하셨다.

주) 군평(君平) : 전한(前漢) 무제(武帝) 때 사람으로 점술가였다고 한다.

口是傷人斧 言是割舌刀 閉口深藏舌 安身處處牢.

“입은 사람을 상하게 하는 도끼요, 말은 혀를 베는 칼이니,
입을 다물고 혀를 깊이 감추면 몸이 어느 곳에 있으나 편안할

것이니라.”

酒逢知己千鐘少 話不投機一句多.

“술은 나를 아는 친구를 만나면 천 잔도 적고, 말은 뜻이 맞지 않으면 한 마디도 많으니라.”

子曰 與善人居 如入芝蘭之室 久而不聞其香 卽與之化矣 與不善人居 如入鮑魚之肆 久而不聞其臭 亦與之化矣. 丹之所藏者赤 漆之所藏者黑 是以 君子 必愼其所與處者焉.

공자가 말하기를, “착한 사람과 같이 살면 향기로운 지초와 난초가 있는 방안에 들어간 것과 같아서 오래도록 그 냄새를 알지 못하나 곧 더불어 그 향기에 동화되고, 악한 사람과 같이 있으면 생선 가게에 들어간 것과 같아서 오래 그 나쁜 냄새를 알지 못하나 또한 더불어 동화 되느니라. 붉은 것을 지니고 있으면 붉어지고 옷(漆)을 지니고 있으면 검어지느니라. 그러므로 군자는 반드시 더불어 있는 사람들을 신중히 가려야 하느니라.”고 하셨다.

家語 云 與好學人同行 如霧露中行 雖不濕衣 時時有潤 與無識人同行 如厠中座 雖不汚衣 時時聞臭.

≪가어≫에 이르기를, “학문을 좋아하는 사람과 동행 한다

면 마치 안개 속을 가는 것과 같아서 비록 옷을 적시지 않더라도 때때로 윤택함이 있고, 무식한 사람과 동행하면 마치 뒷간에 앉은 것 같아서 비록 옷은 더럽히지 않더라도 종종 그 냄새가 맡아지느니라.”고 하였다.

路遙知馬力 日久見人心.

“길이 멀어야 말(馬)의 힘을 알 수 있고, 시간이 오래 지나야만 사람의 마음을 알 수 있느니라.”

賢婦 令夫貴 惡婦 令夫賤.

“어진 부인은 남편을 귀하게 만들고, 악한 부인은 남편을 천하게 만드느니라.”

養親 只有二人 常與兄弟爭 養兒 雖十人 君皆獨自任. 兒飽暖親常問 父母饑寒不在心. 勸君養親 須竭力. 當初衣食 被君侵.

“어버이를 받들고 섬기기에는 단 두 사람인데 늘 형과 동생이 서로 다투고, 아이를 기르는데는 비록 열 명이나 된다 하더라도 모두 자기 혼자 맡느니라. 아이가 배부르고 따뜻한 것은 어버이가 항시 물으나, 어버이의 배고프고 추운 것은 마음에 두지 아니 하느니라. 그대에게 권하노니, 어버이를 받들고 섬기기를 모름지기 힘을 다하라. 당초에 입는 것과 먹는 것을 그대에게 빼앗겼느니라."

賢婦 和六親　婦 破六親.
"어진 부인은 가족을 화목하게 하고, 간악한 부인은 가족의 화목을 깨뜨리느니라."

不結子花 休要種 無義之朋 不可交.
"열매를 맺지 않는 꽃은 심지 말고 의리 없는 친구는 사귀지 말지니라."

孫順家貧 與其妻 傭作人家以養母 有兒每奪母食. 順謂妻日 兒奪母食 兒可得 母難再求 乃負兒往歸醉山北郊外 欲埋堀地 忽有甚寄石種. 驚怪試撞之 春容容可愛. 妻日 得此寄物 胎兒之福 埋之不可. 順以爲然 將兒與種還家 縣於樑撞之 王聞種聲 淸遠異常而 聞其實 日昔 郭巨埋子 天賜金釜 今孫順埋兒 地出石種 前後符同 賜家一區 歲給米五十石.
손순이 집이 가난하여 그의 아내와 더불어 남의 머슴살이를 하여 그 어머니를 봉양하는데 아이가 있어 언제나 어머니의 잡수시는 것을 뺐는지라. 순이 아내에게 말하기를 "아이가 어머니의 잡수시는 것을 빼앗으니 아이는 또 얻을 수 있거니와 어머니는 다시 구하기 어려우니라." 하고, 아이를 업고 취산 북쪽 기슭으로 가서 묻으려고 땅을 팠더니 문득 심히 기이한 석종이 있거늘 놀랍고 이상하게 여기어 시험 삼아 두드려 보니 울리는 소리가 아름답고 사랑스러운지라. 아내가 말하기를, "이 신기한 물건을 얻은 것은 아이의 복이니 땅에 묻는 것은 옳지 못합니다." 순도 그렇게 생각해서 아이를 데리고 종을 가지고 집으로 돌아와서 대들보에 달고 석종을 울렸더니 임금이 그 종소리를 듣고 맑고 늠름함을 이상하게 여기시어 그 사실을 자세히 물어서 알고 말하기를, "옛적에 곽거가 아들을 묻었을 때엔 하늘이 금으로 만든 솥을 주시었더니 이제 손순이 아들을 묻음에는 땅에서 석종이 나왔으니 앞과 뒤가 서로 꼭 맞는다." 말씀하시고, 집 한 채를 주시고 해마다 쌀 오십 석을 주셨느니라.

주) 신라(新羅) 흥덕왕(興德王) 때의 사람으로 문효공(文孝公)의 시호를 받음. 효행(孝行)에 대한 보상(補償)으로 흥덕왕으로부터 집 한 채와 해마다 벼 50석을 받았는데, 뒤에 옛 집을 기증하여 절을 삼아 홍효사(弘孝寺)라 하고, 그곳에 석종을 안치(安置)하였다.

朱子曰 勿謂今日不學而有來日 勿謂今年不學而有來年. 日月逝矣 歲不我延 嗚呼老矣 是誰之愆.

주자가 말하기를, "오늘 배우지 아니 하고서 내일이 있다고 말하지 말며, 올해에 배우지 아니 하고서 내년이 있다고 말하지 말라. 날과 달은 흐르니 세월은 나를 위해서 더디 가지 않는다. 오호라! 늙었구나! 이것은 누구의 허물인고.”

주) 중국 송나라 때의 학자(學者). 주희(朱熹)를 높이어 이르는 말이다

陶淵明詩 云 盛年不重來 一日難再晨 及時 當勉勵 歲月不
待人.

도연명의 시에 이르기를, “젊은 시절은 두 번 다시 오지 아
니 하고 하루에 새벽도 두 번 있지 않나니 젊었을 때에 마땅
히 학문에 힘쓰라. 세월은 사람을 기다리지 않느니라.”

주) 중국의 대표적 시인. 이름은 잠(潛). 호는 오류선생(五柳先生). 동진(東晉) 말기부터 남조
(南朝)의 송(宋 : 劉宋이라고도 함) 초기에 걸쳐 생존했다.

筍子曰 不積蹞步 無以至千里 不積小流 無以成江河.

순자가 말하기를, “발걸음을 쌓지 않으면 천리에 이르지 못
할 것이요, 적게 흐르는 물이 모이지 않으면 강하를 이룩하지
못할 것이니라.”고 하셨다.

주) B·C 315?~236? 중국 전국시대 조(趙)나라의 유학자. 자는 경(卿), 이름은 황(況). 순
경(筍卿)·손경자(孫卿子) 등은 당시 사람들의 존칭이다. 맹자의 성선설에 대하여 성악
설을 주장하였다. 맹자와 거의 같은 시대의 사람이다.

子曰 順天者存 逆天者亡.

공자가 말하기를 “하늘에 순종하는 자는 살고, 하늘에 거역
하는 자는 망한다.”고 하셨다.

少年易老 學難成 一寸光陰不可輕. 未覺池塘春草夢 階前梧葉 已秋聲.

소년은 늙기 쉽고, 학문은 이루기 어려우니 짧은 시간이라도 가벼이 여기지 말라. 아직 연못가의 봄풀은 꿈에서 깨어나지 못했는데 섬돌 앞의 오동나무는 벌써 가을 소리를 내느니라.

種瓜得瓜 種豆得豆 天網恢恢 疎而不漏.

오이씨를 심으면 오이를 얻고 콩을 심으면 콩을 얻는다. 하늘의 그물은 넓어서 성겨 보이나 새지는 않는다.

馬援曰 聞人之過失 如聞父母之名 耳可得聞 口不可言也.

마원이 말하기를, "남의 허물을 듣거든 부모의 이름을 듣는 것과 같이하여 귀로 들을지언정 입으로는 말하지 말 것이니라."고 하셨다.

定心應物 雖不讀書 可以爲有德君子.

마음가짐을 편하게 하여 사물을 대하면 비록 글을 읽지 않았더라도 능히 덕이 있는 군자가 될 수 있다.

酒中不語 眞君子 財上分明 大丈夫.

술이 취한 가운데에도 말이 없음은 참다운 군자요, 재물에
대하여 분명함은 대장부이니라.

耳不聞人之非 目不視人之短 口不言人之過 庶幾君子.
귀로 남의 그릇됨을 듣지 말고, 눈으로 남의 모자람을 보지
말고, 입으로 허물을 말하지 말아야 이것이 군자이니라.

寇萊公六悔銘 云 官行私曲失時悔 富不儉用貧時悔 藝不少
學過時悔 見事不學用時悔 醉後狂言醒時悔 安不將息病時悔.
구래공의 ≪육회명≫에 이르기를, "벼슬아치가 사사로운
일을 행하면 벼슬을 잃었을 때 후회하게 되고, 돈이 많을 때
에 아끼어 쓰지 않으면 가난해졌을 때 후회하게 되고, 재주를
믿고 어렸을 때 배우지 않으면 시기가 지났을 때 후회하게 되
고, 사물을 보고 배우지 않으면 필요하게 되었을 때 후회하게
되고, 취한 뒤에 함부로 말하면 술이 깨었을 때 후회하게 되
고, 몸이 건강했을 때 조심하지 않으면 병이 들었을 때 후회
할 것이니라."고 하였다.

得忍且忍 得戒且戒 不忍不戒 小事成大.
"가능하면 참고 또 참으며 경계하고 또 경계하라. 참지 못
하고 경계하지 않으면 작은 일이 크게 되느니라."

韓文公 曰 人不通古今 馬牛而襟裾

한문공이 말하기를, "사람이 고금의 성인의 가르침을 알지 못하면 말과 소에 옷을 입힌 것과 같으니라."고 하셨다.

家和貧也好 不義富如何 但存一子孝 何用子孫多.

"집안이 화목하면 가난해도 좋거니와 의롭지 않다면 부자인들 무엇 하랴, 다만 한 자식이라도 효도하는 자가 있다면 자손이 많아서 무엇하리요."

子曰 不觀高崖 何以知顚墜之患 不臨深泉 何以知沒溺之患 不觀巨海 何以知風波之患.

공자가 말하기를, "높은 낭떠러지를 보지 않으면 어찌 굴러 떨어지는 환란을 알며, 깊은 샘을 보지 않으면 어찌 빠져 죽을 환란을 알며 큰 바다를 겪지 않으면 어찌 풍파가 일어나는 무서운 환란을 알리요."라고 하셨다.

景行錄 云 木有所養 則根本固而枝葉茂 棟梁之材成 水有所養 則泉源壯而流派長 灌漑之利博 人有所養 則志氣大而識見明 忠義之士出 可不養哉.

≪경행록≫에 이르기를, "나무를 잘 기르면 뿌리가 튼튼하고 가지와 잎이 무성해서 동량의 재목을 이루고, 수원(水源)을

잘 만들어 놓으면 물줄기가 풍부하고 흐름이 길어서 관개의
이익이 많아지고, 사람을 기르면 마음과 기상이 뛰어나고 식
견이 밝아져서 충의지사가 나온다. 어찌 기르지 않을 것이
냐."고 하였다.

自信者 人亦信之 吳越皆兄弟 自疑者 人亦疑之 身外皆敵
國.

스스로를 믿는 자는 남도 또한 자기를 믿나니 오나라와 월
나라와 같은 적국 사이라도 형제와 같이 될 수 있고 스스로를
믿지 못하는 자는 남도 또한 자기를 믿어주지 않으니 자기 이
외에는 모두 원수와 같은 나라가 되느니라.

景行錄 云 結怨於人 謂之種禍 捨善不爲 謂之自賊.

≪경행록≫에 이르기를, "남과 원수를 맺는 것을 재앙의 씨
를 심는 것이라 말하고, 착한 것을 버리고 착한 일을 하지 않
는 것은 스스로를 해치는 것이니라."고 하였다.

一日淸閑一日仙.

"하루라도 마음이 깨끗하고 편안하다면 그 하루는 신선이
되느니라."

經目之事 恐未皆眞 背後之言 豈足深信.

직접 보고 경험한 일도 모두 사실이 아닐까 두렵거늘, 뒤에서 하는 말을 어찌 깊이 믿으리오.

壯元詩 云 國正天心順 官淸民自安. 妻賢夫禍小 子孝父心寬.

≪장원시≫에 이르기를, "나라가 바르면 하늘도 순하고, 벼슬아치가 바르고 청백하면 온 백성이 저절로 편안하느니라. 아내가 어질면 남편의 화가 적을 것이요. 자식이 효도하면 아버지의 마음이 너그러워 지느니라."고 하셨다.

渴時一滴 如甘露 醉後添盃 不如無.

목이 마를 때 한 방울의 물은 단 이슬과 같고, 술 취한 후에 잔을 더하는 것은 아니함만 못하느니라.

公心 若比私心 何事不辨 道念 若同精念 成佛多時.

공(公)을 위하는 마음이 만약에 사(私)를 위하는 마음에 비할 수 있다면 무슨 일이든지 옳고 그름을 가려내지 못할 것이며, 도를 향하는 마음이 만약 남녀의 정을 생각하는 마음과 같다면 성불한지도 오래일 것이다.

入山擒虎易 開口告人難.

산에 들어가 범을 잡기는 쉬우나, 입을 열어 사람들에게 알려주기는 어려우니라.

性理書 云 五敎之目 父子有親 君臣有義 夫婦有別 長幼有序 朋友有信.

≪성리서≫에 이르기를, "다섯 가지 가르침의 덕목은 아버지와 자식 사이에는 서로 친함이 있어야 하며, 임금과 신하 사이에는 의(義)가 있어야 하며, 남편과 아내 사이에는 분별이 있어야 하며, 어른과 어린이 사이에는 차례가 있어야 하며, 친구 사이에는 믿음이 있어야 하느니라."고 하였다.

武王曰 何謂十盜 太公曰 時熟不收 爲一盜 收積不了 爲二盜 無事燃燈寢睡 爲三盜 慵懶不耕 爲四盜 不施功力 爲五盜 專行巧害 爲六盜 養女太多 爲七盜 晝眠懶起 爲八盜 貪酒嗜慾 爲九盜 强行嫉妒 爲十盜.

무왕이 말하기를, "무엇을 열 가지 도적이라고 합니까?" 태공이 대답하기를, "제대로 익은 곡식을 거둬들이지 않는 것이 첫째 도둑이요, 거두고 쌓는 것을 마치지 않는 것이 둘째 도둑이요, 일없이 등불을 켜놓고 잠자는 것이 셋째 도둑이요, 게을러서 밭 갈지 않는 것이 넷째 도둑이요, 공력을 들이지 않는 것이 다섯째 도둑이요, 오로지 교활하고 해로운 일만 행하는 것이 여섯째 도둑이요, 딸을 너무 많이 기르는 것이 일곱째 도둑이요, 낮잠 자고 아침에 늦게 일어나는 것이 여덟째 도둑이요, 술을 탐하고 욕망을 즐기는 것이 아홉째 도둑이요, 심하게 남을 시기하는 것이 열째 도둑입니다.”고 하셨다.

蘇東坡 云 富不親兮貧不疎 此是人間大丈夫 富則進兮貧則退 此是人間盡小輩.

소동파가 이르기를, “부유하다고 친하지 않으며, 가난하다고 멀리하지 않음은 이것이 바로 인간으로서의 대장부라 할 것이요, 부유하다면 가까이 하고 가난하다고 멀리하는 것은 이는 사람 중에서 참으로 마음이 소인배니라.”고 하셨다.

현실에 필요한 처세는

●탈무드에서

탈무드란 기원전 300년경 로마군에 의해 예루살렘이 함락된 이후부터 5세기까지 약 800년간 구전(口傳)되어 온 유대인들의 종교적, 도덕적, 법률적 생활에 관한 교훈, 또는 그것을 집대성한 책이다. 탈무드는 유대인의 암흑시대에 완성되어 압박과 위협의 시대를 사는 많은 지혜를 유대인에게 제공하였다. 즉 모든 시대와 장소에서, 또는 어떤 사회나 문명의 단계에서도 잘 적응할 수 있는 유대인의 특성은 탈무드의 소산이라고 할 수 있을 정도다. 탈무드는 유대인의 신앙과 사상의 원천이며 생활의 규범이다. 우리의 정서와는 맞지 않는 면도 있으나 현대를 살아가는 현대인에게는 음미할 만 한 것이라 생각된다.

현실에 필요한 처세술

— 탈무드에서

■ 이 세상에서 가장 행복한 남자는 누구일까? 좋은 아내를 얻은 사내이다.

■ 만나보지 않은 여자와는 결혼하지 말라.

■ 아내를 까닭 없이 괴롭히지 말라. 하나님은 네 아내의 눈물방울을 세고 계신다.

■ 모든 병중에서 마음의 병이 가장 괴롭고, 모든 악 중에서 악처보다 더 나쁜 것은 없다.

■ 이 세상에서 다른 것으로 바꿀 수 없는 것은 젊었을 때 결혼하여 늙도록 함께 살아온 아내이다.

■ 자식을 꾸짖을 때에는 따끔하게 꾸짖되 계속해서 꾸짖음을 반복하지 말라.

■ 자식이 어릴 때는 엄격하게 나무라고, 장성하면 나무라지 말라.

■ 어린 아이는 엄하게 가르치되 겁 먹지 않도록 해야 한다.

■ 자식은 부모의 말과 행동을 본뜬다. 사람의 성격은 그의 말과 행동으로써 알 수가 있다. 자식에게 약속한 것은 반드시 지켜야 한다. 약속을 지키지 않으면 자식에게 거짓말을 가르치는 것이 된다.

■ 자녀가 아버지를 존경하고 아버지에게 순종하는 것은 아버지가 자녀들을 위해 먹을 것을 구해오고, 그들에게 의복을 마련하여 주기 때문이다.

■ '친구는 석탄과 같은 것이다.' 라고 탈무드에서는 말한다. 즉 친구란 불에 타고 있는 석탄이라는 뜻이다. 석탄불은 알맞은 거리에서 쬐어야 따뜻하며, 지나치게 가까이 가면 몸을 덴다.

■ 가까울수록 예의가 필요하다는 말은 부부 간에도 해당되는 말이다.

■ 복수와 미움

한 사나이가 말했다.

"자네 낫 좀 빌려 주게"

그러자, 상대방은 "그건 안 돼"하고 거절했다.

얼마 후 이번엔 앞서 거절한 사나이가, "자네 말 좀 빌려주게"라고 부탁했다.

그러자 상대방은 이렇게 말했다.

"자네가 낫을 빌려 주지 않았으니 나도 말을 빌려 줄 수 없네."

이것은 복수이다.

한 사나이가 말했다.

"자네 낫 좀 빌려 주게"

그러자, 상대방은 "그건 안돼"하고 거절했다.

얼마 후 이번엔 앞서 거절한 사나이가, "자네 말 좀 빌려주게"라고 부탁했다.

그러자 상대방은 이렇게 말했다.

"자네는 낫을 빌려 주지 않았지만 난 자네에게 말을 빌려 주겠네."

이것은 미움이다.

■ 질투는 천 개의 눈을 가지고 있다. 그러나 한 가지도 올바로 보지 못한다.

■ 거짓말쟁이에게 주어지는 최대의 벌은, 그가 진실을 말했을 때도 사람들이 믿지 않는 것이다.

■ 인간은 20년 걸려서 배운 것을 2년 동안에 잊을 수 있다.

■ 풍족한 사람이란 자기가 갖고 있는 것으로 만족할 수 있는 사람이다.

■ 현인이 되는 일곱 가지 조건

1. 자기보다 현명한 사람이 있을 때에는 침묵한다.
2. 상대방의 이야기를 중단시키지 않는다.
3. 대답할 때에는 당황하지 않는다.
4. 항상 적절한 질문을 하고, 조리 있는 대답을 한다.
5. 먼저 하지 않으면 안 되는 것부터 손을 대고, 뒤에 돌릴 수 있는 것은 마지막에 한다.
6. 자기가 알지 못할 때에는 그것을 인정한다.
7. 진실을 인정한다.

■ 어떤 사람은 젊고도 늙었고, 어떤 사람은 늙었어도 젊다.

■ 만나는 사람 모두에게서 무언가를 배울 수 있는 사람이 세상에서 제일 현명하다.

■ 아내를 고를 때는 계단을 한 걸음 내려가고, 벗을 고를 때는 계단을 한 걸음 올라가라.

■ 벗이 화내고 있을 때는 달래려고 하지 말라. 그가 슬퍼하고 있을 때도 위로하지 말라.

■ 당신의 친구가 당신에게 있어서 벌꿀처럼 달더라도, 전부 핥아 먹어서는 안 된다.

■ 술이 머리에 들어가면, 비밀이 밖으로 밀려 나간다.

■ 악마가 사람을 방문하기에 너무나 바쁠 때에는, 대신 술을 보낸다.

■ 아침 늦게 일어나고 낮에는 술을 마시며, 저녁에 쓸데없는 이야기를 하고 있으면 인간은 일생을 간단히 헛되게

만들 수 있다.

▣ 향수 상점에 들어가서 향수를 사지 않아도, 나왔을 때에
는 향수의 향기가 난다.

▣ 어떤 남자라도, 여자의 이상한 아름다움에는 저항할 수
없다.

▣ 기억을 증진시키는 가장 좋은 약은 감탄하는 것이다.

▣ 내일을 염려해야 무슨 소용인가, 오늘 이 순간도 알 수
없는데….

▣ 인간은 세 종류가 있는데 첫째 '남의 잘못에서도 아무것
도 배우지 못하는 우둔한 사람', 둘째 '남의 잘못에서 배
우는 현명한 사람', 셋째 '실수 없이 자기 길을 찾는 천
재' 이다.

▣ 누구든지 한 생명을 구하는 사람은 전 세계를 구하는 것
과 같고, 한 생명을 파괴하는 사람은 전 세계를 파괴하는
것과 같다.

■ 자기를 아는 것이 최대의 지혜이다.

■ 학교가 없는 도시에는 사람이 살지 못한다.

■ 열 가지 고뇌를 갖는 것이 딱 한 가지 고뇌에 시달리는
것보다 낫다.

■ 자신의 머리로 전통의 의미를 깊이 생각하지 않는 자는
다른 사람에게 손을 이끌려 다닌 맹인과 같다.

■ 휴일은 인간에게 주어진 것이며, 인간이 휴일을 마련한
것은 아니다.

■ 아내에게 정신적·육체적 기쁨을 안겨주는 것이 남편의
의무다. 이러한 기쁨을 끌어내기 위해 말과 행동을 부드
럽고 상냥하게 이끌어야 한다. 사랑과 자유의사를 왜곡
시킨 형태로 행하는 성행위는 신의 성스러운 명령에 위
배되는 것이다.

■ 가정은 사회의 가장 작은 단위다. 그곳에서 낙오되는 사
람은 큰 사회에서 제대로 일을 할 수도 없고 진정한 일부

가 될 수도 없다.

■ 남편과 아내의 성행위는 성스러운 것이며, 좋은 일이라는 것을 알아야 한다. 누구도 성행위를 추하고 기피해야 할 일이라고 생각해서는 안 된다.

■ 생활의 안정도 얻지 못한 상태에서 결혼하는 것은 어리석은 짓이다.

■ 성(性)은 강 같은 것이다. 말라버려도 안 되고, 범람해서도 안 된다.

■ 술은 인간의 뇌를 활동적으로 만든다. 술을 한 방울도 입에 대지 않는 사람은 지혜의 문을 열 수 없다.

■ 정열 때문에 결혼해도 정열은 결혼생활만큼 오래 가지 않는다.

■ 모르는 것에 대해 질문을 하지 않는다는 것은 공허한 자기 교만 외에 아무것도 아니다.

■ 인간은 책에서 가르침을 받는 것이 아니라 책을 통해 질문을 얻는다.

■ 질문을 한다는 것은 배움의 첫걸음이다.

■ 책은 읽는 것이 아니라 배워야 하는 것이다.

■ 책을 쓰는 사람은 그 책이 인간의 삶에 유용한지 아닌지를 잘 음미하고 써야 한다.

■ 저술가는 다른 사람의 생각을 메아리처럼 옮기는 데 그치지 말고 자신의 새로운 견해를 덧붙일 줄 알아야 한다.

■ 책을 읽는 사람도 이 세 가지 교훈을 지켜야 한다. 책을 갖고 있으나 읽지 않는 사람, 책으로부터 사회에 유익한 교훈을 끌어내지 못하는 사람, 그리고 책을 읽고 나서도 자기 생각을 도출해내지 못하는 사람은 귀중한 세 아이를 잃은 남자와 같다.

■ 기적을 바라는 것은 좋지만 그 기적에 의지하려 해서는 안 된다.

■ 기도하지 말고 실행하라.

■ 당신이 부모를 소중히 공양하지 않으면, 당신 아이들도 커서 당신을 소중히 여기지 않는다.

■ 아이가 하나밖에 없는 사람은 한 눈으로 세계를 보는 것과 마찬가지다.

■ 유연한 나무는 휘어지지만, 딱딱한 나무는 부러진다.

■ 취한 자는 술의 질을 묻지 않고, 부정한 자는 더러운 돈도 가리지 않는다.

■ 가려운 곳을 긁는 것과, 어려울 때 돈을 빌리는 것은 임시방편에 지나지 않는다.

■ 행운에서 불운까지의 길은 짧다. 그러나 불운에서 행운까지의 길은 멀다.

■ 자기보다 현명한 사람에게 지는 것이 자기보다 어리석은 사람에게 이기는 것보다 이득이다.

■ 자기가 진보하지 않으면 세계는 발전하지 않는다.

■ 가르침을 이해하지도 못한 채 받아들이는 사람은 권력을 부패시킨다.

■ 아무리 치졸한 질문이라도 필요하다면 해야 한다.

■ 보트를 저어 앞으로 나가기 위해서는 뒤를 보고 앉아야 한다.

■ 무엇을 보아도 웃지 않는 인간과, 무엇을 보든 웃는 인간은 경계해야 한다.

■ 인생에서 돈·술·여자·시간은 도를 지나쳐서는 안 된다. 흔히 돈과 술, 여자에 대해서는 잘 아는데, 시간에 대해서는 별로 신경 쓰지 않는다. 누구나 쓸데없는 일에 무심코 시간을 낭비하기 쉽다.

■ 정의가 결여된 돈벌이는 질병과 같은 것이다.

■ 자만심과 돈은 인간을 압박하고 부패시킨다.

■ 돈은 비료와 같은 것이다. 쓰지 않고 쌓아만 두면 냄새가 고약하다.

■ 돈은 인간에게 진정한 명예를 가져다주지 않는다. 아무리 돈을 많이 벌어도 그것만으로는 진정한 명예를 살 수 없다.

■ 사람의 눈은 대부분이 흰 부분이고 검은 부분은 얼마 되지 않는다. 그러나 사람은 희고 밝은 부분으로 보는 것이 아니라 검고 어두운 부분으로 본다.

■ 울어도 웃어도 눈물이 난다. 하지만 웃어서 눈물을 흘려 눈이 붉게 충혈 되는 사람은 없다.

■ 칼을 갈 때는 철을 사용한다. 인간을 단련시킬 때는 인간을 쓴다.

■ 소문은 친구 사이도 금이 가게 한다.

■ 두툼한 돈지갑이 반드시 좋다고는 할 수 없지만, 그렇다고 빈 지갑이 좋은 것도 아니다.

■ 돈은 벌기는 쉽다. 하지만 돈을 쓰기는 더 어렵다.

■ 돈은 기회를 만들어 준다.

■ 가난하기 때문에 바르고, 부자이기 때문에 옳지 않다고
할 수는 없다.

■ 돈이란 악함도 저주도 아니며, 인간을 축복하는 것이다.

■ 돈이란 인정 없는 주인이기도 하지만, 반면 유익한 심부
름꾼일 수도 있다.

■ 자기가 갖고 있는 것을, 그것을 필요로 하는 사람에게 파
는 것은 상술이 아니다.

■ 필요한 돈을 빌리는 것은 가려운 곳을 긁는 것과 같다.

■ 많은 것을 가진 부자는 자식은 없고 상속인만이 있다.

■ 돈이란 선인에게는 좋은 것을, 악인에게는 나쁜 것을 안
겨준다.

■ 재물이 많으면 그만큼 걱정거리도 늘어나지만, 재물이 전혀 없으면 걱정거리가 더 많다.

■ 가난함은 수치가 아니지만 그렇다고 명예로운 것도 아니다.

■ 남에게 돈을 빌려줄 때에는 증인을 세우고, 적선할 때는 아무도 보지 않는 데서 하라.

■ 하늘과 땅을 웃기려면 먼저 고아를 웃겨라. 고이가 웃으면 하늘과 땅도 웃을 것이다.

■ 이미 끝나버린 일을 후회하기 보다는 하고 싶었던 일을 하지 못한 것을 후회하라.

■ 하나님은 밝은 사람을 축복해 준다. 낙관하는 마음은 자기뿐만 아니라 남들까지도 밝게 해준다.

■ 어차피 같은 음식을 먹는다면 즐거운 마음으로 먹어라.

■ 가장 훌륭한 지혜는 친절함과 겸허함이다.

- 남을 행복하게 해 주는 것은 마치 향수를 뿌리는 일과도 같다.

- 남의 강요에 의해 베푼 자선은 스스로 한 자선의 절반의 가치밖에 없다.

- 모르는 사람에게 베푸는 친절은 천사에게 베푸는 친절과 같다.

- 자신의 결점을 찾아내는데 힘쓰는 사람은 남의 결점을 찾지 않으며, 남의 결점만 찾아내는 사람은 자기 결점을 찾지 못한다.

- 마음을 닦는 것은 지혜를 키우는 것보다 더 소중하다.

- 무거운 포도송이일수록 아래로 늘어진다.

- 몸을 닦는 것은 비누고, 마음을 닦아내는 것은 눈물이다.

- 매일매일 자기 자신을 죽여 가는 자는 이승도 저승도 갈 곳이 없다.

■ 사람들은 길에서 넘어지면 먼저 돌을 탓한다.

■ 행복에서 불행으로 바뀌는 것은 순간적인 일이나, 반대로 불행을 행복으로 가꾸는 데는 오랜 시간이 필요하다.

■ 이상(理想)이 없는 교육은 미래가 없는 현재와 같다.

■ 금전의 차용은 거절해도 좋으나 책을 빌려 달랠 때 거절하는 것은 도리가 아니다.

■ 책으로부터 지식을 배우고, 인생에서 지혜를 배운다.

■ 기도 시간은 짧게 하고, 학문에는 오랜 시간을 보내라.

■ 살아있는 사람에게서 빼앗을 수 없는 것이 지식이다.

■ 옳은 것을 배워 나가는 것보다 옳은 일을 몸소 행하는 것이 낫다.

■ 자기 결점을 쉽게 고치지 못하더라도 자기 향상을 위한 노력은 계속하여야 한다.

■ 신은 바르게 사는 자를 시험해 본다.

■ 생물 가운데 웃는 것은 인간뿐이다. 그 중에서도 영리한 사람이 웃는다.

■ 산양에게 수염이 있다 하여 랍비가 될 수는 없다.

■ 당나귀가 예루살렘에 가도 역시 당나귀인 것이다.

■ 자녀를 가르치는 최선의 교육은 자기 스스로 모범을 보이는 것이다.

■ 아들에게 근면함을 가르치지 않는 부모는 아들에게 훔치는 법을 가르치는 것과 다를 게 없다.

■ 사람은 누구나 어른이 되지 않는다. 다만 아이로서 나이를 한살씩 먹을 뿐이다.

■ 사랑이 아무리 멋져도 테니스에는 무용지물이다.

■ 금과 은은 불에 달궈진 다음에야 빛을 낸다.

■ 노인을 공경하지 않는 젊은이의 노후는 결코 행복할 수
없다.

■ 뜨거운 정열로 결합하지만, 정열이란 결혼만큼 오래 가
지 않는다.

■ 결혼식의 연주 음악은 군악대의 음악처럼 활기차다.

■ 정열은 불이다. 그래서 없어서는 안 되지만, 또 그만큼
위험하다.

■ 사랑은 잼과 같이 달지만, 빵이 없으면 살 수 없다.

■ 결혼이란 굴레는 무척 무겁다. 부부뿐만 아니라 자식까
지도 함께 운반해야 하니까.

■ 좋은 말(馬)에 채찍이 있고, 현자에게 충고가 있다.

■ 자식이 결혼할 때는 신부에게 혼인 증서를 주고, 어머니
에게는 이연장(離緣狀)을 주어야만 한다.

주) 이연(離緣) : ①부부(夫婦), 양자(養子) 등(等)의 인연(因緣)을 끊음. ②양자(養子) 관계
(關係)의 법적(法的) 효력(效力)을 취소(取消)하는 행위(行爲)를 말한다.

- 결혼할 때는 이혼까지도 예상해야 한다.

- 초혼은 하늘에 의해서, 재혼은 인간에 의해 맺어진다.

- 이상적인 남자는 남자의 강인함과 여자의 부드러움을 함께 갖고 있다.

- 남자는 두 볼 사이와 두 다리 사이에서 명성이 결정된다.

- 입을 다물 줄 모르는 사람은 대문을 닫지 않는 집과 같다.

- 새장으로부터 도망친 새는 붙잡을 수가 있으나, 입에서 나간 말은 붙잡을 수가 없다.

- 당나귀는 긴 귀로써 알아보고, 어리석은 사람은 긴 혀로써 알아본다.

- 입보다 귀를 상석에 앉혀라

- 인간이 말을 하는 것은 태어나면서 곧 배우나, 입을 다무는 것은 어지간해서 배우기 힘들다.

■ 겉치레 인사는 고양이처럼 핥는다.

■ 거짓말을 해서는 안 된다. 그러나 진실 중에도 말해서는 안 되는 것이 있다.

■ 거짓말쟁이는 뛰어난 기억력을 가져야 한다.

■ 가장 큰 고통은 남에게 말하지 못하는 것이다.

■ 물고기는 언제나 입으로 낚인다. 인간도 역시 입 때문에 걸려든다.

■ 어떤 사람이고 가까워지면 작아지게 된다.

■ 애매한 친구보다는 차라리 분명한 적이 낫다.

■ 늙은이가 젊은 아내를 맞으면, 늙은이는 젊어지고 아내는 늙는다.

■ 서로가 자신의 잘못을 인정하지 않으면 화해가 이루어지지 않는다.

■꿀을 치다 보면 조금은 꿀맛을 볼 수가 있다.

■향수 가게에 가면 향수 냄새가 옮는다.

■손님과 생선은 사흘만 지나면 악취가 난다.

■소문은 가장 좋은 소개장이다.

■낯선 사람의 백 마디의 모략보다도 친구 한 마디의 말이
  깊은 상처를 남긴다.

■신 앞에서 울고, 사람 앞에서는 웃어라.

■음식은 냄비 속에서 만들지만 사람은 접시를 칭찬한다.

■투박한 항아리 속에도 귀한 술이 들어 있다.

■꽃양배추에 사는 벌레는 꽃양배추를 자기 세상으로 생
  각한다.

■인간의 탄생과 죽음은 책의 앞면과 뒷면 같은 것이다.

■ 길을 열 번 물어보는 것이 한 번 길을 헤매는 것보다 낫다.

■ 아무리 길고 훌륭한 쇠사슬이라도 고리 하나가 망가지면 못쓴다.

■ 식사는 자기의 기호에 맞추고 옷차림은 사회의 풍조를 따르라

■ 유대 민족이 안식일을 지켜온 것이라기보다는 안식일이 유대인을 지켜온 것이다.

■ 우물에 침 뱉는 자는 언젠가 반드시 그 물을 마시게 된다.

■ 기적을 바라는 것은 좋지만 그 기적에 의지하면 안 된다.

■ 정원을 보면 그 집의 정원사를 알 수 있다.

■ 운 없는 사람은 높은 곳에서 떨어져 등을 다쳐도 코가 부러진다.

■단번에 바다를 만들려고 해서는 안 된다.

■매일을 마지막 날이라고 생각하라.

■성공의 절반은 인내심이다.

■성공의 문을 열려면 밀거나 당기거나 해야 한다.

■부부가 진심으로 서로 사랑한다면 칼날같이 좁은 침대
에 누워도 함께 잘 수 있다. 그러나 서로 사이가 좋지 않
으면 폭이 16미터나 되는 넓은 침대라도 비좁기만 하다.

■아내는 남자의 집이다.

■아내를 선택할 때에는 겁쟁이가 되라.

■자식들을 키우면서 차별하지 말라.

■가정에서 부도덕한 행동을 하는 것은 마치 과일에 벌레
가 붙은 것과 같다. 미처 깨닫지 못하는 사이에 그것은
번져간다.

■ 자녀가 아버지를 존경하고 두려워할 수 있게 하라.

■ 자녀가 아버지의 자리에 앉아서는 안 된다.

■ 아버지에게 말대꾸를 해서는 안 된다.

■ 아버지가 남과 다툴 때 상대방의 편을 들어서는 안 된다.

■ 남자는 결혼하고 나면 죄가 늘어난다.

■ 아무리 친한 친구라도 지나치게 가까이하지 마라

■ 자신의 일만을 생각하고 있는 인간은 그 자신도 될 자격 조차 없다.

■ 인간은 세 가지 벗을 가지고 있다. 그것은 아이와 부(富) 그리고 선행이다.

■ 남자가 여자에게 끌리는 것은, 남자로부터 늑골을 빼앗 아 여자를 만들었으므로 남자는 자기가 잃은 것을 되찾 으려고 하기 때문이다.

▣ 하나님이 최초의 여자를 남자의 머리로 만들지 않았던 것은, 남자를 지배해서는 안 되기 때문이다. 그리고 발로 만들지 않았던 것은, 그의 노예가 되어서도 안 되기 때문이다. 늑골로 만든 것은, 그녀가 언제나 그의 마음 가까이에 있을 수 있도록 하기 위해서이다.

▣ 다른 사람보다 뛰어난 사람은 정말로 뛰어난 사람이라고 할 수 없다. 이전의 자기보다 점점 나아지는 사람이 정말 뛰어난 사람이다.

▣ 죽으면 벌레에게 먹히고, 살아서는 고뇌에 시달림을 당한다.

▣ 어차피 헤어질 바엔 결혼한 뒤보다 약혼 중에 헤어지는 편이 낫다.

▣ 어리석은 자의 노년은 겨울이지만, 현자의 노년은 황금기이다.

▣ 명성은 손에 넣지 않으면 안 되는 것이다. 또한 명예도 잃어서는 안 된다. 그러나 명성은 스스로 추구하여 손에

넣어지는 것이 아니다. 명성은 사람들에 의해 자연스레 주어져야 한다.

■ 신은 인간의 마음을 먼저 본 후 그의 두뇌를 본다.

■ 내일 일어날 일을 미리 걱정하지 말라. 오늘 현재의 앞일도 모르면서….

■ 이미 대지 위에 누워 있는 사람은 넘어질 일이 없다.

■ 아이들을 가르친다는 것은 어떠한 것인가. 그것은 백지에 무엇을 그리는 것과 같다. 노인에게 가르친다는 것은 어떠한 것인가. 그것은 이미 많이 써진 종이에 여백을 찾아서 써 넣으려고 하는 것과 같다.

■ 자기 자신에 대해 웃을 수 있는 사람은 남의 웃음을 사지 않는다.

■ 청년은 부모가 생각하는 것보다 3년 빨리 어른이 된다. 그리고 청년은 자신이 그렇게 되었다고 생각하는 2년 후에야 진정한 어른이 된다. 그대들도 마찬가지다.

■인생은 인내와 돈이다.

■잘 쓰고, 잘 저축하라.

■떠들어대기를 좋아하는 혀는 손버릇이 나쁜 사람보다
더 곤란하다.

■험담이 심한 사람이 없어진다면 분쟁의 불씨도 사라질
것이다.

논어(論語)는 공자와 그 제자들의 대화를 기록한 책으로 사서의 하나이며, 공자의 생애 전체에 걸친 언행을 모아 놓은 것이기 때문에 여타의 경전들과는 달리 격언이나 금언을 모아 놓은 듯한 성격을 띤다. 공자가 제자 및 여러 사람들의 질문에 대답하고 토론한 것이 '논'. 제자들에게 전해준 가르침을 '어' 라고 부른다. (위키백과에서)

어른이 되고 싶으면

— 논어에서

子曰 學而時習之 不亦說乎 有朋自遠方來 不亦樂乎 人不知
而不 不亦君子乎.

공자께서 말씀하셨다. "배우고 때마다 익히면 또한 기쁘지
아니하랴. 벗이 먼 곳에서 찾아오면 또한 즐겁지 아니하랴.
남들이 알아주지 아니해도 마음에 불평스러움이 없으면 또한
군자가 아니랴."

子曰 巧言令色 鮮矣仁.

공자께서 말씀하셨다. "말을 잘 꾸미고 얼굴을 잘 꾸미는
사람치고 어진 사람이 드물다."

曾子曰 吾日三省吾身 爲人謀而不忠乎 與朋友交而不信乎
傳不習乎.

증자께서 말씀하셨다. "나는 날마다 세 가지로 나 자신을 살펴본다. 그것은, 남을 위해 일을 계획해 주면서 나의 진실된 마음으로 아니한 것은 없는가, 친구들과 사귀면서 신뢰를 바탕으로 아니한 것은 없는가, 스승의 학문을 제자에게 전해 주면서 익히지 아니한 것은 없는가 하는 것이다."

子曰 君子食無求飽 居無求安 敏於事而愼於言 就有道而正焉 可謂好學也已.

공자께서 말씀하셨다. "군자는 먹음에 배부름을 구하지 아니하고 거처함에 편안함을 구하지 아니하며, 일은 민첩하게 하고 말은 신중하게 하며, 도 있는 이에게 가서 자신을 바로 잡으니, 배우기를 좋아한다고 할 수가 있다."

子曰 不患人之不己知 患不知人也.

공자께서 말씀하셨다. "남들이 나를 알아주지 않는다고 걱정하지 말고 내가 남을 알지 못함을 걱정해야 한다."

子曰 道之以政 齊之以刑 民免而無恥 道之以德 齊之以禮 有恥且格.

공자께서 말씀하셨다. "법으로 이끌고 형벌로 다지면 백성들이 형벌을 모면하나 부끄러움을 못 느낀다. 그러나 덕으로 이끌고 예로 다지면 염치를 느끼고 또한 착하게 된다.”

子曰 吾十有五而志于學 三十而立 四十而不惑 五十而知天命 六十而耳順 七十而從心所欲不踰矩.

공자께서 말씀하셨다. “나는 열다섯에 배움에 뜻을 두었고, 서른에 정립되었고, 마흔에는 현혹됨이 없었고, 쉰에는 천명을 알았고, 예순에는 귀로 듣는 것이 거슬리는 것이 없었고, 일흔에는 마음대로 행하더라도 법도를 넘는 일이 없었다.”

子曰 溫故而知新 可以爲師矣.

공자께서 말씀하셨다. “옛것을 익혀 새것을 알면, 그것으로 스승을 삼을 수 있다.”

子曰 君子周而不比 小人比而不周.

공자께서 말씀하셨다. “군자는 두루 잘 어울리고 끼리끼리 모이지 않으며, 소인은 끼리끼리 모이고 두루 어울리지 못한다.”

子曰 學而不思則罔 思而不學則殆.

공자께서 말씀하셨다. “배우기만 하고 생각을 아니하면 공허하고, 생각만 하고 배우지 아니하면 위태롭다.”

子曰 人而不仁 如禮何 人而不仁 如樂何.

공자께서 말씀하셨다. "사람인데도 어질지 않으면 예가 있은들 무엇 하겠으며, 사람인데도 어질지 못하면 음악이 있은들 무엇 하겠는가."

子曰 不仁者 不可以久處約 不可以長處樂 仁者安仁 知者利仁.

공자께서 말씀하셨다. "어질지 못한 자는 검약한 생활을 오래 지속할 수가 없고 안락한 생활을 길게 유지할 수가 없다. 어진 자는 어짊을 편안히 여기고 지혜로운 자는 어짊을 이롭게 여긴다."

子曰 富與貴 是人之所欲也 不以其道 得之 不處也 貧與賤 是人之所惡也 不以其道 得之 不去也 君子 去仁 惡乎成名 君子 無終食之間違仁 造次必於是 顚沛必於是.

공자께서 말씀하셨다. "부유함과 귀함은 사람들이 바라는 바이다. 그러나 정당한 방법과 도리가 아니면, 그것을 얻더라도 그곳에 처하지 않는다. 가난함과 천함은 사람들이 싫어하는 바이다. 그러나 정당한 방법과 도리가 아니면, 그것을 얻더라도 그 것을 벗어나지 않는다. 군자가 인(仁)을 떠나서 어떻게 이름을 이루겠는가. 군자는 밥 한 끼 먹는 사이에도 인에서 벗어남이 없으며, 경황이 없는 중에도 반드시 인에 있고 곤궁함에 빠져도 반드시 인에 있다.”

子曰 朝聞道 夕死可矣.

공자께서 말씀하셨다. “아침에 도(道)를 들으면 저녁에 죽어도 좋다.”

子曰 不患無位 患所以立 不患莫己知 求爲可知也.

공자께서 말씀하셨다. “지위 없음을 근심하지 말고 서는 방법을 근심할 것이며, 알아주는 이 없음을 근심하지 말고 알아줄 만한 존재가 되려고 노력해야 한다.”

子曰 人之生也 直 罔之生也 幸而免.

공자께서 말씀하셨다. “인간의 삶은 원래 정직한 것이다, 정직하지 않으면서도 살 수 있는 것은 요행히 화를 면하고 있는 것이다.”

子曰 見賢思齊焉 見不賢而內自省也.

공자께서 말씀하셨다. “어진 이를 보면 그와 같아지기를 생각해야 하고 어질지 못한 이를 보면 안으로 자신을 살펴봐야 한다.”

子曰 君子喻於義 小人喻於利.

공자께서 말씀하셨다. "군자는 의리에 밝고 소인은 이익에 밝다."

子曰 父母在 不遠遊 遊必有方.

공자께서 말씀하셨다. "부모님 살아 계시면 멀리 떠나지 아니하며, 떠나되 반드시 갈 곳을 알려야 한다."

子曰 德不孤 必有隣.

공자께서 말씀하셨다. "덕(德)이 있는 사람은 외롭지 않으며 반드시 이웃이 있다."

子曰 知者樂水 仁者樂山 知者動 仁者靜 知者樂 仁者壽.

공자께서 말씀하셨다. "지혜로운 사람은 물을 좋아하며 어진 사람은 산을 좋아하니, 지자(知者)는 동적이며 인자(仁者)는 정적이며, 지자는 즐겁게 살며 인자는 장수한다."

夫仁者 己欲立而立人 己欲達而達人.

인자(仁者)란 자신이 나서고 싶을 때 남을 내세우며, 자기의 목적을 달성하고 싶으면 남을 먼저 달성하게 한 후 자기가 한다.

子游日 事君數 斯辱矣 朋友數 斯소矣.

자유(子游)가 말하길 "임금을 섬기는데 자주 간하면 욕이 되고 벗을 사귀는데 자주 충고를 하면 사이가 벌어진다."

子日 知之者 不如好之者 好之者 不如樂之者.

공자께서 말씀하셨다. "알기만 하는 사람은 좋아하는 사람만 못하고 좋아하는 사람은 즐기는 사람만 못하다."

子日 三人行 必有我師焉 擇其善者而從之 其不善者而改之.

공자께서 말씀하셨다. "세 사람이 같이 길을 가면 그 중에 반드시 나의 스승 될 만한 사람이 있다, 그들의 착한 점을 골라서 따르고 나쁜 점은 살펴서 스스로 고쳐야 한다."

子日 奢則不孫 儉則固 與其不孫也 寧固.

공자께서 말씀하셨다. "사치하면 불손하기 쉽고, 검소하면 고루해지니, 거만한 것보다 차라리 고루한 것이 났다."

廐焚 子退朝日 傷人乎 不問馬.

마구간에 불이 난적이 있었는데, 공자께서 조정에서 퇴근하셔서 "사람이 다쳤는가" 하고 말씀하시고 말(馬)은 물어 보지 않으셨다.

子曰 不在其位 不모其政.

공자께서 말씀하셨다. "그 직위에 있지 않거든 그 자리의 정사를 논하지 말라."

子曰 學如不及 猶恐失之.

공자께서 말씀하셨다. "배움이란 도달할 수 없는 것 같이 하고 배운 것은 잃어버릴까 두려운 듯이 해야 한다."

子 絶四 毋意毋必毋固毋我.

공자께서 네 가지를 근절 하셨으니 자의대로 하는 일이 없었고, 집착하지 아니하고, 고집을 안 부리고, 자기만을 생각하는 일은 없으셨다.

樊遲 問仁 子曰 愛人 問知 子曰 知人 擧直錯諸枉 能使枉者直.

번지가 인(仁)에 대하여 여쭙자, 공자께서 말씀하셨다. "사람을 사랑하는 것이다." 앎에 대하여 여쭙자, 공자께서 말씀하셨다. "사람을 알아보는 것이다. 정직한 사람을 등용하여 바르지 못한 사람위에 두면 정직하지 않은 사람도 정직하게 된다."

過猶不及.

지나친 것은 모자란 것과 같다.

주) ① 미치지 못한 것과 같다. ② 아니함만 못하다.

席不正不坐.

자리가 바르지 않으면 앉지 않는다.

顔淵 問仁 子曰 克己復禮 爲仁 一日克其復禮 天下 歸仁焉.

안연이 인(仁)에 대하여 여쭙자, 공자께서 말씀하시기를 "자기를 극복하여 예(禮)로 돌아감이 인이니 하루라도 자기를 이겨서 예로 돌아가면 천하가 인으로 돌아갈 것이다."

子曰 非禮勿視 非禮勿廳 非禮勿言 非禮勿動.

공자께서 말씀하시기를 "예(禮)가 아니면 보지를 말고 예가 아니면 듣지도 말며 예가 아니면 말도 하지 말며 예가 아니면 행하지 말 것이다."

仲弓 問仁 己所不欲 勿施於人.

중궁이 인(仁)에 대하여 여쭙자 "자기가 하고 싶지 아니한 일을 남에게 시키지 말라."

子貢 問友 子曰 忠告而善道之 不可則止 無自辱焉.

자공이 벗에 대하여 여쭙자, 공자께서 말씀하셨다. "충고하여 이끌어 주되 말을 듣지 않으면 곧 중지하여 자신까지 욕됨이 없게 할 것이다."

子曰 君子 和而不同 小人 同而不和.

공자께서 말씀하셨다. "군자는 남과 화합하되 뇌동하지 않으며 소인은 뇌동하되 화합하지 않는다."

주) 뇌동 : 옳고 그름의 분별없이 남을 따름

子曰 剛毅木訥 近仁.

공자께서 말씀하셨다. "강직하고 의연하고 질박하고 어눌하면 인(仁)에 가깝다."

주) 질박 : 꾸밈이 없고 고지식함. 수수함.

子曰 有德者 必有言 有言者 不必有德. 仁者 必有勇 勇者 不必有仁.

공자께서 말씀하셨다. "덕(德)이 있는 사람은 반드시 들을 만한 말을 하지만, 말이 들을 만하다고 다 덕이 있는 사람이 아니다. 인자(仁慈)한 사람은 반드시 용기가 있지만, 용기가 있다고 다 인자한 사람은 아니다."

子曰 士而懷居 不足以爲士矣.

공자께서 말씀하셨다. "선비가 편안하게 살기만 생각한다면 선비라고 하기에 부족하다."

子曰 人無遠慮 必有近憂.

공자께서 말씀하셨다. "사람이 먼 앞날을 걱정하지 않으면 반드시 가까운 시일에 근심이 생긴다."

子曰 君子 求諸己 小人 求諸人.

공자께서 말씀하셨다. "군자는 모든 책임의 소재를 자신에서 구하나 소인은 남에게서 구한다."

子曰 不而不改 是謂過矣.

공자께서 말씀하셨다. "잘못을 저지르고도 고치지 않는 것을 일러 잘못이라 한다."

孔子曰 益者 三友 損者 三友 友直 友諒 友多聞 益矣, 友便僻 友善柔 友便佞 損矣.

공자께서 말씀하셨다. "유익한 벗이 셋이 있고 해로운 벗이 셋이다. 정직 한사람을 벗하고, 성실한 사람을 벗하고, 견문이 많은 박학다식한 사람을 벗하면 유익하고, 편벽한 사람과 벗하며, 아첨 잘하는 사람과 벗하며, 거짓말 잘하는 사람과 벗하면 해로우니라."

孔子曰 君子有九思 視思明 聽思聰 色思溫 貌思恭하며,言思忠 事思敬 疑思問 忿思難 見得思義.

공자께서 말씀하셨다. "군자에게는 아홉 가지 생각하는 것이 있으니 볼 때는 명백히 보기를 생각하고, 듣는 것은 총명하게 듣기를 생각하며, 용모는 온화하기를 생각하고, 태도는 공손하기를 생각하고, 말은 성실하게 하기를 생각하고. 일에는 신중하기를 생각해야 하고, 의심 가는 것에는 묻기를 생각하고, 화가 날 때는 어려운 일을 당할 것을 생각하고, 이익을 보면 의로운가를 생각한다."

子曰 唯上知與下愚 不移.

공자께서 말씀하셨다. "가장 지혜로운 사람과 가장 어리석은 사람은 변하지 않는다."

子曰 年四十而見惡焉 其終也已.

공자께서 말씀하셨다. "나이 사십이 되어서도 남에게 미움을 받는다면 그것은 끝장이 난 것이다."

子曰 君子 惠而不費 勞而不怨 欲而不貪 泰而不驕 威而不猛.

공자께서 말씀하셨다. "은혜를 베풀되 낭비하지 않고, 힘든 일을 시키면서 원망을 사지 않고, 하고자 하되 탐욕을 내지 않으며, 태연하되 교만하지 않으며, 위엄이 있어도 사납지 않아야 한다."

子夏曰 博學而篤志 切問而近思 仁在其中矣.

자하가 말하길 "널리 배우되 뜻을 독실하게 가지고, 간절히 묻고 가까운 것부터 생각하면 인(仁)은 그 가운데 있을 것이다."

子夏曰 君子 有三變 望之儼然 則之也溫 聽其言也.

자하가 말하길 "군자는 세 가지 다른 모습이 있다. 멀리서 바라보면 근엄하고, 가까이 보면 온화하고, 그 말을 들으면 바르고 엄숙하다."

子夏曰 君子 信而後 勞其民 未信則以爲謗己也.

자하가 말하길 "군자는 신의를 얻은 후에 백성들을 부려야 한다. 신뢰를 받기 전에 백성을 부리면 자기들을 괴롭힌다고 생각한다."

信而後 諫 未信則以謗己也.

믿음을 얻은 후에 간해야 된다. 신임을 받기 전에 간하면 자기를 비방하는 줄로 생각한다.

子曰 弟子入則孝 出則弟 謹而信 汎愛衆而親仁 行有餘力 則以學文.

공자께서 말씀하셨다. "젊은이들은 집안에 들어와서는 효도해야 하며 집밖에 나가서는 공경해야 하며, 조심성이 있어야 하고 믿음직해야 하며, 사람들을 두루 사랑하되 어진 이를 가까이 해야 한다. 그렇게 실천을 하고서 힘이 남으면 글을 공부해야 한다."

子曰 其身正 不令而行 其身不正 雖令不從.

공자께서 말씀하셨다. "그 자신이 바르면 명령을 내리지 않아도 실천이 되고 그 자신이 바르지 않으면 비록 명령을 내려도 따르지 않는다."

子曰 苟正其身矣 於從政乎何有 不能正其身 如正人何.

공자께서 말씀하셨다. "참으로 자기 자신을 바르게 한다면 정치에 무슨 어려움이 있으며, 그 자신을 바르게 잡지 못하면 어떻게 남을 바로 잡겠는가."

子夏日 賢賢易色 事父母能竭其力 事君能致其身 與朋友交 言而有信 雖日未學 吾必謂之學矣.

자하가 말했다. "속의 훌륭한 덕성을 중시하고 겉모습을 중시하지 아니하며, 부모를 섬김에 그 힘을 다하며, 임금을 섬김에 그 몸을 바치며, 벗들과 사귐에 말에 신의가 있으면, 비록 배우지 아니했다 하더라도, 나는 그를 반드시 배운 사람이라고 할 것이다."

子日 父在 觀其志 父沒 觀其行 三年無改於父之道 可謂孝矣.

공자께서 말씀하셨다. "아버지가 살아계실 때에는 그 뜻을 관찰하고 아버지가 돌아가신 뒤에는 그 행실을 살피는 것이다. 삼 년 동안을 아버지가 행하시던 방식을 바꾸지 않으면 효성스럽다고 할 수가 있다."

子日 爲政以德 譬如北辰居其所而衆星共之.

공자께서 말씀하셨다. "정치를 덕으로써 하는 것은, 비유하자면, 북극이 제자리에 있고 뭇 별들이 그 주변을 둘러 있는 것과 같다."

子貢日 我不欲人之加諸我也 吾亦欲無加諸人.

자공이 말하길 "나는 남이 나에게 하는 것 중 좋지 않으면 나 역시 남에게 시키려고 하지 않는다."하였다.

子張 問善人之道 子曰 不踐迹 亦不入於室.

자장이 선인의 도에 대하여 여쭙자, 공자께서 "성현의 가르침을 좇지 아니 하여도 착한 일을 할 수 있다. 그러나 성현의 경지에는 들지 못한다." 하셨다.

孔子曰 君子有三戒 少之時 血氣未定 戒之在色 及其壯也 血氣方剛 戒之在鬪 及其老也 血氣旣衰 戒之典.

공자께서 말씀하셨다. "군자가 경계해야 할 세 가지가 있다. 젊었을 때는 혈기가 안정되어 있지 않으므로 여색을 경계하고, 장년에는 혈기가 바야흐로 왕성하므로 싸움을 경계해야 하며, 노년에는 혈기가 이미 쇠잔했으므로 욕심을 경계해야 한다."

孔子曰 君子 有三畏 畏天名 畏大人 畏聖人之言.

공자께서 말씀하셨다. "군자는 두려워할 일이 세 가지가 있다. 천명을 두려워하며 큰 인물을 두려워하며 성인의 말씀을 두려워하는 것이다."

子曰 性相近也 習相遠也.

공자께서 말씀하셨다. "사람의 천성은 서로 비슷하나 습관에 의해 서로 멀어진다."

子曰 唯女子與小人 爲難養也 近之則不孫 遠之則怨.

공자께서 말씀하셨다. "여자와 소인은 다루기 어렵다. 가까이 하면 불손하게 굴고 멀리 하면 원망을 한다."

子曰 不敎而殺 謂之虐 不戒視成 謂之暴 慢令致期 謂之賊 猶之與人也出納之吝 謂之有司.

공자께서 말씀하셨다. "백성을 가르치지 않고 죽이는 것을 잔학이라 하고, 미리 경계하지 않고 결과부터 따지는 것을 포악이라 하며, 명령을 소홀히 하고 시일을 재촉하는 것을 괴롭힘이라 하고, 마땅히 나누어 주어야 할 것을 내주기에 인색하게 구는 것을 창고지기와 같다 한다."

회사에서 성공하려면

● 그라시안의 처세술에서

발타사르 그라시안 이 모랄레스(Baltasar Gracián y Morales, 1601~1658)는 스페인의 작가이며 프랑스 모럴리스트들의 선구자이다. 그의 처세술은 마키아벨리의 〈군주론〉과 나란히 고전으로서 지금까지 인류의 사랑을 받고 있다. 대단한 것은 아니지만 누구나 알면서도 미처 깨닫지 못하는 작은 부분을 현명하게 대처하며 삶을 이끌어나가는 방법들, 인생에서 승리를 거두기 위해서 필요한 것은 '실용적 지혜' 라는 점을 강조한다.

회사에서 성공하려면
— 그라시안의 처세술에서

누구도 항상 현명할 수는 없다.

노력을 안 해도 매사가 순조롭게 풀리는 시기가 있는 반면에, 아무리 노력을 해도 매사가 꼬이기만 하는 시기가 있다. 운이 따를 때는 기력이 왕성하고 머리도 잘 돌아간다. 만지는 것마다 황금으로 변한다. 이럴 때는 적극적으로 나서야 하고 조그만 기회도 놓쳐서는 안 된다. 그러나 운이 다했을 때는 이를 냉철하게 직시하지 않으면 안 된다. 아무리 명석한 두뇌를 가졌다하더라도 잘 돌지 않을 때가 있기 때문이다. 누구도 항상 현명하게 처신할 수는 없다. 이따금 불운이 덮쳐 사고력이 떨어질 때도 있게 마련이다.

자신의 불행과 고뇌를 결코 남에게 토로하지 말라.

신중한 사람은 같이 일하는 동료들에게 과거나 현재의 자신의 불행을 토로하지 않는다. 운명이란 원래 가장 아픈 상처만을 건드려 조롱하기 때문이다. 동료들의 무관심에 화를 내서도 안 된다. 주변에서는 당신의 불행에 점점 쾌감을 느낄 뿐이다. 사람의 마음속에 있는 악의는 경쟁 상대의 약점을 폭로하고 남의 급소를 찾아내려고 집요하게 매달린다. 결국 치명상을 줄때까지 결코 내버려 두는 법이 없다. 현명한 사람은 결코 고충을 털어놓는다든지 동정을 구걸하지 않는다. 남몰래 참아내면 언젠가 고통도 사라지고 도움의 손길은 여전히 남아 있게 된다.

자신의 부주의로 생겨난 잘못은 즉시 책임을 져라.

거짓말은 한쪽 다리로 일어서고, 진실은 양발로 일어서지만, 침묵하는 자에게는 일말의 거짓도 허용되지 않는다. 무심코 디딘 한 발을 바로잡으려고 서너 발을 내쳐 나가다가 도리어 상황을 악화시킬 수도 있다. 변명을 늘어놓는 사람은 어리석다고밖에 말할 수 없다. 한 가지 일을 정당화시키기 위해서 또 다른 많은 일들을 꾸밀 수밖에 없다. 변명보다 더욱 나쁜 것은 기만이다. 한 가지 거짓말을 계속 부정하다 보면 언젠가는 거짓말 속에 깊이 빠져들어 헤어 나오기 어렵게 된다. 가령 자신의 그릇된 주장이 먹혀들어갔다 하더라도 이미 그 씨앗은 뿌려진 것이다. 하나의 악덕은 언젠가는 많은 이자를 낳게 된다. 만일 부주의에서 비롯된 과오가 공격의 목표가 되거나 공개적으로 들추어지게 되면 그 즉시 책임을 져야 한다. 부정하기에 급급하기보다는 그 동기를 설명하는 편이 훌륭한 인격을 드러내는 것이다. 현명한 사람은 한 번 실수를 두 번 다시 저지르지 않는다.

후임자보다 자신이 더욱 적임자였다는 생각은 착각이다.

후임자의 능력이 모자라 전임자였던 당신이 재평가를 받는다 하더라도, 명예로운 일이 아니다. 그렇다고 당신이 그 자리로 다시 되돌아갈 것도 아니고 현직에 있는 후임자를 물러나게 하는 명분만을 제공해 줄 뿐이기 때문이다.

예절이 갖는 힘을 체득하라. 두 배의 가치가 돌아온다.

모든 교제에서 예절이라는 것은 조용한 그림자의 역할을 한다. 예절이 몸에 밴 사람은 예절을 만나면 이에 매료되나 천박한 사람은 그 반대로 혼란에 빠진다. 상대방이 조용히 애기하고 있는데, 혼자서 소란을 떨면 천박해 보인다. 물건을 팔 때에 예절을 보이면, 두 배의 가치가 돌아온다. 물건 값과 더불어 손님의 만족스러운 경의를 받을 수 있기 때문이다. 분별 있는 사람들 간에는 예절을 세련된 호의의 징표로 삼는다. 그다지 말이 필요 없는 거래는 사는 쪽과 파는 쪽 모두 무언

중에 다음 거래가 이루어질 것을 암시하고 있는 것이다. 예절의 기술은 모든 인간관계를 향상시킨다.

남에게 환영을 받는 사람은 기지와 지혜가 풍부한 사람이거나, 남의 말을 경청할 줄 아는 사람이다.

시장에서는 수요가 가치의 척도가 된다. 수요가 없으면 어떤 귀중품도 가치가 떨어진다. 초대를 받는 사람도 마찬가지다. 재치와 지혜가 풍부한 사람은 자주 초대를 받는다. 그러나 그러한 재능이 없더라도 남의 말을 경청할 줄 아는 사람이면 환대를 받는다. 특별히 뛰어난 지성을 갖추고 있지 않더라도 거실의 분위기를 상쾌하게 해주면 환영을 받는다. 남의 말을 경청할 줄 아는 사람은 잔잔하고 조용한 바다와 같다. 또 남의 집에서 식사를 할 때 공복을 채우는 것도 좋지만 몸이 불편할 정도로 배불리 먹는 것은 사양해야 한다. 맛있는 것만 열심히 골라 먹으면 대식가라는 인상을 준다. 초대자를 즐겁게 하려면, 그와 동료들이 권하는 대로 따르고 어느 정도 식욕을 남겨 두는 편이 좋다.

승인은 약속이 아니며 악수는 계약이 아니다.

오랜 관습에 대해서도 현명한 판단을 내려야 한다. 승인을 받는다고 해서 약속을 받아낸 것은 아니며, 악수를 한다고 계약이 성립되는 것은 아니라는 점을 명심해라. 사람들의 머릿속에는 이미 어떤 것을 예상하는 행동양식이 숨어 있다는 점을 명심해야 한다.

감사를 받기 위해서는 먼저 고마움을 표시하라.

적과 협조하면서 살려고 노력하라. 감사를 받기 위해서는 스스로가 감사를 보여라. 후한 대접을 받고 싶으면 자신도 후한 대접을 하라. 평온한 생활을 할 수 있도록 모든 노력을 강구하라.

자신의 자질을 계발하라.

자신의 매력적인 자질들을 계발하라. 그것은 사회에서 좋은 인간관계를 유지하는 마법이기 때문이다. 그리고 매력은 당장 손에 쥘 수 있는 물건보다는 사람의 마음을 얻는 데 사용하라. 또 부단히 사용하라. 성의는 매력이 첨가됨으로 해서 빛을 낸다. 유능한 사람은 잘생긴 얼굴로 인해 더욱 눈에 띈다. 기회주의자들은 이를 잘 이용할 줄 안다. 비옥한 토양에 비료를 뿌리면 더욱 많이 수확할 수 있는 이치와 같다. 이런 방법으로 인기와 동경심이 만들어지고, 사람들의 마음을 사로잡는다. 하지만 부자나 잘생긴 사람을 대체할 수 있는 것도 얼마든지 있다. 자신의 인격적 매력을 발견하여 이를 발전시키는 것이다.

언제나 어느 정도의 욕심과 희망을 비축해 두어라.

모든 것을 손에 넣으면 희망이 사라진다. 어느 정도의 욕심은 뒷전에 남겨 둠으로써 항상 호기심에 차고 희망을 가질 수 있다. 또 언제나 동경심을 가슴 속에 품어라. 최고의 목표를 향해 정진할 때는 신중하고 빈틈없이 수행하라.

상대방의 친절과 호의를 갚을 때에도 단번에 감사표시를 해서는 안 된다. 현명한 사람은 시간을 두고 여러 번에 걸쳐 나누어 감사의 정을 표한다. 그래야 상대방은 감사의 표시를 오랫동안 기억한다. 모든 것이 손에 들어오는 순간부터 두려움이 시작된다. 소원이 말끔히 이루어질 때 비로소 두려움이 엄습해 온다.

이는 행복이 낳는 최대의 불행인지도 모른다.

우정을 지키는 일은 새로운 친구를 사귀는 것보다 소중하다.

곁에 있는 편이 나은 친구가 있고, 멀리 떨어져 있는 편이 나은 친구가 있다. 떨어져 있으면 서로의 결점이 눈에 띄지 않는다. 만나서 얘기하면 답답해도, 편지를 주고받으면 마음이 통하는 경우도 있다. 우정에는 여러 종류가 있다. 하지만 가장 좋은 친구는 의심할 여지없이 인생경험이 풍부한 친구이다. 때로는 듣기 싫은 소리를 듣더라도 말이다. 우정을 지키는 일이 새로운 친구를 사귀는 일보다 소중하다. 그러나 좋은 친구 관계를 유지하는 법을 아는 사람은 많지 않다, 또 친구를 선택하는 법을 모르면 고독해진다. 우정을 키우는 데 가장 중요한 것은 어떻게 상대방의 장점을 끌어내느냐에 달려 있다. 이 방법 속에는 나름대로의 지혜가 숨어 있다. 일단 교환방식이 성립되면, 당신 의 장점도 깨닫게 되는 기쁨이 있기 때문이다.

오랜 우정은 만족감을 줄 뿐만 아니라, 서로 살아가는 힘이 된다. 처음에는 미숙하더라도, 오래갈 수 있는 친구를 찾아야 한다. 친구가 없는 것만큼 적막한 것은 없다. 우정은 기쁨을 더해 주고 슬픔을 감해주기 때문이다.

친구를 갖는다는 것은 또 하나의 인생을 갖는 것이다. 어떤 친구라도 무언가 이익을 준다. 서로 나눌 것이 많으면 배울 것도 많다. 행복을 빌어주는 친구에게는 경의와 예의와 이해심을 보여라. 그러면 상대방도 같은 것을 주기 마련이다. 날마다 친구를 사귀려고 노력하라. 굳이 친밀하지 않더라도 당신에게 관심을 기울여 주기만 하면 된다. 편안한 만남에서 장차 신뢰할 수 있는 친구가 생기는 것이다. 상대에게 선물을

줄 수만 있다면 가장 안전한 우정의 표현방법이라고 할 수 있
다. 참된 친구는 관대하며 그의 지갑은 거미줄과 같은 끈을
가지고 있다고 한다.

시련을 딛고 선 사람이 가장 좋은 친구다.

내실 있는 친구 관계도 있지만, 극히 가벼운 친구관계도
있다. 전자는 당신의 인생을 충만하게 해주나, 후자는 일시적
인 즐거움밖에 주지 못한다. 오늘날과 같은 야심으로 가득한
세상에는 사람의 됨됨이 보다는 사회적 지위로 친구를 선택
한다.

그러나 시대의 시련을 딛고 선 사람이 가장 좋은 친구이다.
그들은 기회를 포착하여 지위에 아첨하는 무리가 아니고, 양
식에 따라 선택할 수 있는 친구이다. 친구를 선택하는 일은
인생의 중대사임에도 불구하고 쉽게 생각하는 사람들이 많
다. 그저 만나면 즐겁다는 이유 하나로 친구라고 할 수는 없
다. 상대의 마음을 보지 않고 단순히 말 상대로 친구를 삼는
일도 있기 때문이다.

경쟁자를 친구로 삼는 것은 통쾌한 일이다.

모욕을 예상하고, 그 예봉을 피하라. 모욕은 당하는 일보다
피하는 쪽이 스트레스를 덜 받는다. 경쟁하려는 상대를 이쪽

편으로 끌어들여라. 이쪽의 명예를 손상시키려는 상대에게 명예로운 칭찬을 해 주는 것은 통쾌한 일이다. 상대에게 은혜를 베풀면, 혀끝의 독도 감사로 변한다. 이 같은 인생의 비결을 알면, 악의도 신뢰로 바꾸어 놓을 수 있다. 몸에 익힐만한 가치 있는 묘기이다.

은혜를 베풀려면, 조금씩 성의 있게 베풀어라.

은혜를 주려면 상대가 받아들일 수 있는 한계 안에서 베풀어라. 은혜도 도가 지나치면 강매가 된다. 상대를 부담스럽게 하면 은혜에 보답할 수 없게 되어 서로 서먹해져 친구를 잃는 원인이 된다.

상대는 그 부담을 피하기 위해 당신에게서 멀어진다. 상황에 따라서는 이것이 반목의 원인이 될 수도 있다. 이는 마치 우상과 이를 만든 조각가의 관계와 같아서, 은혜를 받은 사람은 베푼 사람에게 깊은 감사를 느끼지 못한다. 따라서 쓸데없는 과잉친절보다는 상대가 바라고 소중히 여기는 것을 베풀어라. 은혜는 조금씩 성의 있게 베푸는 것이 현명한 방법이다.

신상(神像)은 자기를 아름답게 조각해 주는 조각가의 얼굴을 보고 싶어 하지 않는 법이고, 은혜를 받은 사람은 은혜를 베풀어 준 사람 곁에 가까이 있고 싶어 하지 않는 법이다.

기록은 기억을 남긴다.

현명한 사람은 펜으로 자기변호를 하지 않는다. 적의 무분별함을 깨우쳐 주기보다는 오히려 상대가 더욱 우월하게 보이는 증거도 될 수도 있기 때문이다. 일단 글로 남으면 사람들의 뇌리에 박혀 두 번 다시 지울 수 없게 된다.

남의 약점을 비방하는 사람은 자신의 몸에서도 악취가 풍긴다는 사실을 모른다.

남이 수치스러워 하는 것을 들추어내는 사람은 거꾸로 자식의 약점을 폭로하는 것과 같다. 어떤 사람은 남의 약점을 들추어냄으로써 자신의 약점을 덮으려 하고 그것을 위안거리로 삼는다. 그러나 남의 약점을 들먹이는 사람은 그 순간 자신의 몸에서도 악취가 풍긴다는 사실을 알아야 한다.

남의 오점을 깊이 파내면 파낼수록 자신의 몸도 또한 더러워진다. 누구나 살다 보면 과실이나 태만이 저지르는 죄악이 있게 마련이다. 죄를 짓지 않고 사는 사람은 극히 드물다. 단지 평범한 사람들이 저지르는 죄악은 뚜렷이 부각되지 않을 뿐이다. 세상 이치에 밝은 사람은 사악한 역할을 일부러 떠맡지 않으려고 주의한다. 그런 사람은 주변 사람들로부터 집중적으로 경멸당하기 때문이다.

비밀은 말하지도 듣지도 말아야 한다.

윗사람의 비밀에 연루되지 말아야 한다. 얼핏 보면 비밀이란 달콤한 열매를 나누는 특권과 같은 것일지도 모르지만, 그 열매에는 씨도 있고 껍질도 있고 심지어 통째로 집어 먹힐 위험성도 내포되어 있다. 함께 하나의 사과를 먹어야겠다고 했어도 나누어 먹을 땐 껍질만 준다는 사실을 알아야 한다.

어떤 부하는 윗사람이 무심코 흘린 개인적인 비밀을 엿들어 버려 자신도 모르는 사이에 상대방의 거울이 되어 버렸다. 그래서 윗사람은 자신의 추한 모습을 연상시키는 그 거울을 호시탐탐 깨어 버리려고 한다. 일단 비밀이 타인의 손아귀에 넘어가면, 상대방의 노예나 다름없어진다. 특히 비밀을 아는 사람보다 높은 지위에 있는 사람은 그 압박감을 참기 어렵다. 이런 상태가 계속되면 그는 그 압박감을 어떻게 해서든지 없애고 싶어 하고, 정의를 헌신짝처럼 내 팽개치는 일조차도 서슴지 않는다. 또 만일 친구가 적이 되면 일찍이 가볍게 선뜻 흘렸던 비밀도 앙심을 품은 독화살로 변한다. 따라서 비밀이란 절대로 엿듣지 말아야 할 뿐 아니라 발설해서도 안 된다.

어떤 일도 완성되기 전에는 떠벌이지 말라.

어떤 일도 처음에는 형체가 없고 머릿속에 있는 단순한 이미지에 불과하기 때문에 완성된 모습이 드러나기 전에 희희

낙락해서는 안 된다. 초기 단계에 있는 일을 남에게 보여주게 되면 미숙한 인상을 남기기 때문에 그 일이 완성된 후에도 영향을 미친다. 평가해야 할 이미지가 두 개로 나누어지는 것이다. 그렇게 되면 한쪽이 방해를 받게 되어 올바른 평가를 할 수 없게 된다. 목표가 다는 아니다. 오히려 그것만으로는 어떤 가치도 없다. 목표를 갖는다는 것만으로는 아직 거의 아무것도 없는 상태인 것이다. 아무리 맛있는 요리라도 먹기 전에 주방을 들어 본다면 식욕이 사라져 버린다. 이와 마찬가지로 아무리 독창적인 사업도 형태가 드러나기도 전에 떠벌리면 김이 새어 버린다. 대자연조차도 완성된 자태를 드러내기까지 사람의 눈에 노출되지 않고 생성된 것이다.

　야심가는 대부분 외면적으로는 성공하나, 내면적으로는 실패 한다. 재산을 늘리기 위해 정신적인 활력을 희생하기 때문이다. 그럼에도 그들은 저돌적으로 전진하며, 행복한 여가가 무리한일보다 가치 있다고 생각하지 않는다. 인간이 확실하게 소유할 수 있는 것은 시간뿐이다. 귀중한 시간을 일에만 열중하며 보낼 수는 없다. 노동은 탐욕의 어머니이고, 무료함의 대체물이다. 한번 야심이 불붙기 시작하면, 몸의 기능이 쇠약해질 때까지 빠져나을 수가 없다. 너무 성공에 매달리지 말라. 선망에도 매달리지 말라. 이들은 인생을 짓밟고 정신을 질식시킨다. 잠시 일을 멈추고 한가한 여유를 가져라. 현명한 사람은 여유 있게 인생을 보냄으로써 장수한다.

지금보다 높은 지위로 승진하려면, 마음을 단단히 조여라. 그 격차를 메우는 일은 그리 쉬운 일이 아니다. 지나간 일은 현재 하는 일보다 더 잘 상기되는 법이다. 따라서 전임자와 똑같은 정도의 일을 하게 되면. 주변에서는 만족을 못한다. 그의 평가는 전임자에게 돌아가기 때문이다. 만일 그런 상황에 놓이면 그 이상의 재능을 발휘하려고 해야지, 남에 대해 이러쿵저러쿵 불평하는 마음자세를 가져서는 안 된다. 전임자와 어깨를 나란히 하려면, 두 배로 일을 해야 한다. 자신의 지위를 다른 사람에게 넘겨 줄 때에는 주변 사람들이 당신을 애석하게 여기고, 귀감으로 칭송하며 되돌아오길 바란다고 여기는 후계자를 선택하는 것이 현명하다.

시대의 추세를 읽고 자신이 서 있는 자리를 안다는 것은 법, 사업 정치 등 어느 분야에서나 불가결한 것이다. 아무리 올바른 행동을 해도, 세간에 주는 인상이 나쁘면 손가락질 받는다. 더구나 사업체를 일으킨다든지. 혁신을 단행하는 경우에는 세상 돌아가는 정세를 꼭 알아야 한다, 일찌감치 이를 파악해 두면, 나중에 세간의 평가도 예측하기 쉽다. 성공을 원하든 누구의 지지를 기대하든, 사람들의 의견을 조사하고 상황을 파악한 다음, 올바른 판단의 힘을 빌려 확신에 찬 최종결정을 내려야 한다, 그러면 그 일을 계속 추진할 것인지 아니면 보류할 것인지를 판단할 수 있다.

직장에서는 조금 유능한 사람처럼 보이려는 노력도 중요하다.

이상하게도 대다수의 사람들은 자신의 두뇌로 이해할 수 있는 일에 대해서는 평가를 하지 않고, 이해를 초월한 일만 경의를 표한다. 요컨대 종잡을 수 없는 일일수록 대단한 일로 본다. 하지만 정작 그 이유를 물으면 아무런 대답도 못한다. 사람은 신비적인 것을 동경하는 속성이 있지만, 실은 남이 칭찬하니까 나도 칭찬한다는 논리에 불과하다. 따라서 직장에서도 실제보다 조금 유능한 것처럼 보이려는 노력도 중요하다. 하지만 도가 지나치지 않아야 상대에게 존경을 받는다. 현명한 사람은 지혜롭게 일을 하지만 평범한 사람은 상대의 화술에 도움을 받아야 일을 제대로 처리한다.

빈틈없는 사업가는 능숙한 화술로 구매자와 판매자를 조종

하고, 상대방에게 말할 틈도 주지 않고 거래내용을 이해시키
는 요령을 알고 있다.

현명한 사람은 어리석은 자가 뒤로 미룬 일 속으로 직접
뛰어든다.

현명한 사람은 다음에 내딛어야 할 발의 위치를 정확히 계
산해서 자신 있게 다리를 내뻗는다. 어리석은 사람은 옳지 않
은 판단을 함으로써 자주 길을 헤맨다. 나침반이 고장 나서
그릇된 방향을 가리키고 있는 줄도 모르고 출발하면 혼란만
더할 뿐이다. 도착하고 나서야 비로소 목적지가 아니라는 것
을 알게 되는 것이다. 만일 인생의 항해술이 부족하여 길을
헤맬 때는 차라리 유능한 선장에 매달려 낭패하지 않는 편이
낫다. 식견이 있는 사람은 무엇을 언제 할 것인가를 즉석에서
판단하고, 자부심을 갖고 즐겁게 실행한다, 현명한 사람은 어
리석은 자들이 주저하는 일에 직접 뛰어든다. 현명한 사람이
나 어리석은 사람이나 행동 그 자체에는 큰 차이가 없다. 다
만 시기가 다를 뿐이다. 현명한 사람은 적절한 시기를 잡지만
어리석은 사람은 시기를 놓친다.

잘못을 발견했을 때엔 즉각 고집을 집어넣어라.

쓸데없는 자존심 때문에 옳은지 그른지도 모르면서 그저

고집만 부리는 사람이 있다. 이 비참한 습성은 더구나 이 고집을 실행에 옮김으로서 한층 악화된다. 완고한 말보다 완고한 행동이 한층 해를 끼친다. 토론을 해 보면, 대개 현명한 사람은 재빨리 올바른 쪽을 선택하나, 어리석은 사람은 잘못을 알면서도 고집 때문에 끝까지 밀고 나간다. 고집을 부리는 것도 위험한 것이지만 그것보다 더 위험한 것은 고집을 꺾지 않고 행동을 계속 하는 것이다.

사려 깊은 사람은 처음부터 올바른 것을 택하거나 도중에 옴바른 쪽을 알아채어 항상 이성의 편에서 감정에 좌우되는 법이 없다. 상대방이 이쪽 논리의 한계점을 파악했을 때에는 당장 논점을 옮기든가, 자신의 견해를 수정한다.

겉멋은 언제나 자연스럽지 못한 행동을 낳는다. 따라서 모두에게 미움을 살 뿐만 아니라, 끊임없이 자신의 언동을 되돌아보고 의식적으로 행동을 해야 하기 때문에 본인에게도 고통스럽다. 우수한 사람일수록 굳이 과시할 필요가 없다. 사람은 언제나 인위적인 것보다 자연스러운 것을 좋아한다. 자신감과 안목을 겸비한 사람도 자기 능력을 과시하지 않는다. 오히려 그것을 감춤으로써 뭇사람들의 매력을 끄는 것이다. 모든 면에서 뛰어나면서도 잘난 체하지 않고 겸손한 사람은 더욱 위대하다.

아무리 가까운 사이라도 자기 생각을 모두 털어놓지 말라.

남의 생각을 다 알려고 할 필요도 없으며, 자기 생각을 모두 털어놓아서도 안 된다. 남에게 애정을 주는 것과 모든 것을 상대방에게 맡겨 버리는 것은 전혀 별개의 문제이기 때문이다. 아무리 가깝고 친밀한 사이라도 예외는 없다. 아무리 친숙한 사이에도 숨겨야 할 것이 있고, 가족에게도 비밀로 해야 할 것이 있다. 비밀의 종류에 따라서 이를 밝혀야 할 상대가 있고 숨겨야 할 상대가 있다.

사업이 실패하면 교훈을 얻는 즉시 잊어라.

상황마다 다르겠지만, 중요한 것은 실패한 이후이다. 현명한 사람은 실패를 해도 그 흔적을 남기지 않는다. 어리석은 사람은 아직 저지르지도 않은 실패조차 남의 눈에 띈다. 실패는 친구에게조차 털어놓아서는 안 된다. 가능한 한 자신에게조차도 묻어 두는 것이 좋다. 실패에서는 교훈만 얻고 즉시 잊어버리는 것이 좋다.

몇 가지 결점만 고치면 더 큰 인물이 될 수 있다.

몇 개 안 되는 결점 때문에 큰 인물이 되지 못하는 사람들이 많다. 마치 산꼭대기는 보이는데 발 디딜 곳이 안 보이는 것과 같다. 자세히 살펴보면 평범한 사람도 작은 결점만 고치면 큰 인물이 될 수 있다. 어떤 사람은 부족한 진실성에 뛰어난 재능이 묻혀 있다. 또 어떤 사람은 첫 단추부터 잘못 채워져 있다. 처음 두각을 나타내기 시작한 사람의 결점은 쉽게 사람들의 눈에 띈다. 불성실과 변덕, 탐욕, 망발 등 사소한 결점들은 조금만 주의를 하면 쉽게 없앨 수가 있다.

의견이 맞지 않아도 반대하지 않는 사람은 크게 신경 쓸 필요가 없다. 이런 사람은 당신에게 진정한 애정을 느껴서 반대를 하지 않는다기보다는 오히려 자신을 잘 보이려고 하는 것이다.

감언이설에 빠져들어 기분을 내면 안 된다. 상대방이 달콤한 말로 속삭이면 그 이면에 깔린 진짜 목적을 알아내야 한다. 또 상대방이 말하고 싶어 하는 것을 대신해서 그럴 듯하게 말해 주는 사람이 있는데, 이 또한 주의를 요한다. 그들은 마음에는 없지만 정말 같이 말하는 재능을 가진 사람들이다. 그리고 당신에 대해서 혹평을 가하는 사람들도 있다는 점을 명심해야 한다. 그 사람이 누구인지 알고 싶으면, 당신 앞에서 남의 욕을 하는 사람을 찾으면 된다.

인간적으로 속는 것보다는 돈 때문에 속는 것이 낫다.

상업의 세계는 인간들 사이에 알면서 속고 속이는 별천지이다. 상업에 뛰어들어 인간을 연구한다는 것은 마치 책의 서평을 쓰는 것과 동일한 수준의 중요성 밖에 없다. 사람들을 잘 포섭 하려면 매력과 예의로써 충분하기 때문이다. 이는 조금 약고 현명하기만 하면, 누구나 속일 수 있는 방법이다. 하지만 사람의 마음을 이해하고 그 인간성을 인식하는 것은 위대한 과학의 몫이다. 상업을 안다는 것은 인간을 안다는 것과 전혀 다른 것이다. 인간적으로 속는 것보다는 차라리 돈 때문에 속는 것이 한결 낫다.

지능이 뛰어나도 말이 많으면 안 좋다.

애써 영리해 보이려고 하는 사람은 적들이 파놓은 함정에 빠진다. 그보다는 현명한 편이 낫다. 이는 마치 번들거리기만 할뿐 날이 들지 않은 칼과 같다. 칼은 예리할수록 쉽게 부러진다. 만 가지에 능통한 사람은 없다. 어느 분야에서는 뛰어나지만, 감히 손도 못 대는 분야도 있다. 그럼에도 불구하고 사람은 남보다 뛰어난 머리를 가지고 싶어 한다. 그러나 확실한 것은 신의 진리뿐이다. 뛰어난 지능도 좋지만. 말이 많으면 안 된다. 지나친 수다는 말다툼의 원인이다. 식견이 있는 사람은 필요이상으로 이런 저런 말은 하지 않는다.

선의란 인간의 위대한 자산 가운데 하나이다. 부자이건 가난한 사람이건 인덕만 갖추면 부수적으로 따라온다. 그것은 고결함에 대한 보답이라고 말할 수 있다. 사업 세계에서도 선의는 상품 이상의 가치가 있고, 그 자체가 신용 매물이 될 수도 있다. 그 가치를 워낙 신뢰하기 때문에 그 밖에 딸린 일에 대해서는 아주 관대하게 넘어가는 사람도 있다. 세상 경험이 많은 사람은 아무리 장점을 많이 가진 사람이라 할지라도 세간의 인정과 지지가 없으면 자갈밭을 걸어야 한다는 점을 살 알고 있다. 그러나 착한 뜻을 가진 사람은 결점이 드러나도 누구도 이를 손가락질하지 않는다. 선의란 이 정도로 힘이 있다는 것을 기억해 두지 않으면 안 된다.

업적과 선행도 사람 눈에 띄지 않으면 공염불이다.

당신이 성취한 일을 남의 눈에 띄도록 하라. 참다운 평가를 받았을 때 비로소 이름값을 하게 되는 것이다. 가치 있는 일을 만드는 능력과 이를 세상에 내놓는 지혜가 결합될 때 성과는 배가 된다. 사람은 스스로를 평가함과 동시에 남의 평가도 받아야 한다. 아무리 당신이 상대방의 평가를 받고 싶어도, 당신이 한 일이 눈에 띄지 않으면 상대방은 당신을 평가할 아무런 근거도 갖지 못한다. 선의조차도 그것이 선의로 보이지 않으면 존경을 받을 수 없다.

그러나 세간의 허다한 평가자들은 자기 이익에만 몰두하기 때문에 영리한 자 보다는 우둔한 평가자들이 더 많다. 게다가 요즘에는 사기, 모략, 망상이 판을 쳐서 성급하고 적당히 판단하는 경우가 많다. 옛날처럼 신중하게 상대방이 성취한 일을 평가 하지 않는다.

따라서 자신의 업적을 남에게 인정받기 위해서는 이를 세상에 내놓는 방법도 사전에 만전을 기하지 않으면 안 된다.

매운 말은 가시와 같이 몸에 상처를 낸다. 항상 말에 꿀을 발라라. 적에게도 기쁨을 줄 수 있는 말을 골라라. 일이란 대부분 말로서 지불할 수 있다.

부드러운 말로 접근하면 되돌려 줄 수 없는 차용금도 면제받을 수 있다. 남에게 사랑받는 유일한 방법은 대인 관계에 달려 있다.

하늘의 일은 하늘이 하듯이, 생기는 생기 있는 말에서 생긴다. 맛있는 케이크를 먹으면 숨도 달다. 꿀을 바른 말은 어려운 부탁을 할 때도 상대방의 마음을 평안하게 해 준다.

냄새로 좋은 술을 구별하듯이, 반감을 주지 않고 효과적으로 청탁을 하려면 말씨에 향기가 있어야 한다.

예의바른 몸가짐은 그 하나 만으로도 사랑을 받는다.

예의를 지킨다고 해서 손해될 일은 없다. 예의는 품성의 기초이고 마술과 같아서 만인의 사랑을 받게 해 준다. 남에게 신사란 말을 듣도록 하라. 이 평판만으로도 충분히 사랑을 받는다. 반대로 무례하다는 평판을 받으면 경멸당하고 아무도 가까이 하려 하지 않는다. 오만에서 비롯된 무례함은 용서하기 어렵고, 천박함에서 생겨나는 무례함은 불쾌감을 준다.

적에게도 예의바르게 대해 주어라. 그것이 실제로 얼마나 효과를 나타내는지 한번 해보면 알 것이다. 자본은 거의 들지 않았는데도 뜻밖에 많은 이익을 얻는다. 아무리 남에게 많이 지불해도 여전히 자기 재산인 것이다.

무장한 적은 굳센 악수와 웃는 얼굴로 무장을 해제시켜라.

유리한 카드를 손에 쥐면 마음껏 사용하고 싶어 하는 사람들이 있다. 그들은 총력을 기울여 상대방을 중상하고 모략한다. 이런 사람은 단지 무시하는 것만으로는 불충분하다. 오히려 힘찬 악수와 미소로 대응해야 한다. 욕하는 상대에게 거꾸로 칭찬을 해주면 상대방은 그를 더없이 훌륭한 인물로 보게 된다.

남에게 사랑을 받고 싶으면 먼저 그를 사랑하라.

사람들에게 칭찬받는 일은 참으로 좋은 일이다. 그러나 더 좋은 일은 타인에게 사랑을 받는 것이다, 남에게 사랑받는 일은 행운의 여신이 내리는 은총 때문인 경우도 있지만 그보다는 자신의 노력의 결과인 경우가 더 많다.

비록 행운의 여신이 인도해 주어 사랑을 받는다 할지라도 이를 끝끝내 유지시키려면 노력이 필요하다. 남보다 뛰어난 재능을 가지고 있다 해서 남의 호의를 계속 받는 건 아니다. 호의는 내가 남에게 어떻게 베푸느냐에 따라 상대적인 일이다. 그러니 남에게 친절을 베풀어라. 한 마디 말이라도 조심해서 하고, 평상시의 말과 행동에는 더욱 조심하라.

남에게 사랑을 받고 싶거든 내가 먼저 남을 사랑할 일이다.

상대방의 진가를 인정하라.

누구에게나 남보다 뛰어난 점이 한 가지씩은 있게 마련이다. 상대방이 가진 장점을 빨리 파악하면 사람을 대할 때 크게 도움이 된다. 현명한 사람은 상대방이 누가 되었든 간에 공경하는 마음을 가지고 대한다. 누구나가 갖고 있는 좋은 점을 발견할 수 있을 뿐만 아니라 그걸 빨리 알아내면 어떤 일을 실수 없이 이루어 내는 데 큰 도움이 된다는 사실을 터득하고 있기 때문이다. 어리석은 사람은 상대방이 누구든 간에 그를 경멸한다. 그것은 무지한 탓이기도 하고, 남의 결점을 발견하고 기뻐하는 천박한 성격이기 때문이다.

가십(뜬소문)을 퍼뜨리면 안 된다.

가십을 퍼뜨리는 사람이 되어서는 안 된다. 저명한 사람을 공격하는 일은 은밀하게 이루어져야 한다. 시시한 소문을 이야기하는 것은 품위가 떨어지는 이야기일 뿐 위트도 아무것도 아니다. 뜬소문을 듣는 상대방은 그 내용에 대해 기뻐하지 않고 오히려 당신을 미워할 것이다, 중상 받은 사람은 어떻게 하든 앙갚음을 해 주려고 당신의 험담을 늘어놓기 시작한다. 그렇게 되면 중과부적으로 어이없이 패배당하고 말 것이다.

남의 불행을 보고 즐거워하는 모습을 보여서도 안 되고, 남의 실패를 이러쿵저러쿵 비판해서도 안 된다. 가십을 퍼뜨리는 사람은 반드시 남에게 미움을 산다. 유명한 사람도 그와 같은 사람과 친분 관계가 없는 것은 아니다.

그는 그런 사람을 좀 재미있는 사람이구나 하고 생각하지 경의를 표하거나 친해지려고 하진 않는다. 남의 험담을 하는 사람은 보다 더 지독한 험담을 듣게 되는 법이다.

남을 너무 비난해서는 안 된다.

세상에는 비뚤어진 성격을 가진 사람이 있게 마련이어서

남이 하는 일마다 좋지 않다고 몹시 꾸짖으며 비난을 퍼붓는 사람이 있다. 그것도 불끈 화가 치밀거나 어떤 격한 감정에 사로잡혀서 그러는 것이 아니라 성격 자체가 그러하여 그렇게 하지 않고는 직성이 풀리지 않는 사람이 있다. 남이 이미 해놓은 일에다 공격의 화살을 쏘고 상대방이야 어떻든 아랑곳하지 않고 몰아세우며 비난을 한다. 이들은 성질이 단지 모질고 거칠어서 그런 것이 아니라, 속이 좁고 생각이 모자라기 때문이다.

이러한 인간은 남을 일부러 크게 부풀려서 비판한다. 침소봉대라는 말이 있지만, 정말로 바늘 같은 조그마한 잘못을 몽둥이만한 커다란 과실인 양 과장해서 드러내어 말하고 그 몽둥이로 상대방을 때릴 듯한 언행을 서슴없이 하는 것이다. 이런 엄한 감시인이 있다면 설사 그곳에 낙원이라 해도 금방 감옥이 되어 버리기 십상이다. 그들을 노엽게 했다가는 큰코다치게 될지도 모르는 일이다.

이에 대해 선량한 사람은 무슨 일이라도 너그럽게 생각할 줄 안다. 서툰 짓을 해도 순간의 부주의에서 저질러진 일이라고 두둔 하며 상대방을 감싸 준다.

존경받고 싶다면 분별 있게 행동하라. 짐짓 잘난 체한다거나 능력을 과시하는 그런 행동을 하면 역효과가 난다. 자신의 참된 모습 그대로를 보여 주는 것이 명성을 얻는 바른 길이고, 인간성을 높이려고 노력하는 것만이 그 지름길이다. 정직성만 갖고도 부족하고 근면함만으로도 불충분하다.

성실함과 정직성만 갖추었다고 해서 존경받는데 도움이 되는 것은 아니다. 오히려 형편없는 평판을 받을 수도 있다. 무슨 일이든 중용(中庸)을 지키는 편이 좋다. 아무리 좋은 일일지라도 정도가 지나친 것은 부족함만 못하다.

인간성을 높이는 노력을 해야 함은 물론 자기 자신의 참다운 가치를 남이 알도록 하는 방법도 알지 않으면 안 된다.

상대방이 누가 되었든 아무에게나 도움을 받으려고 해서는 안 된다. 그렇게 되면 세상 모든 사람의 노예가 되어 버린다.

남보다 행운을 타고난 사람들이 있다. 그들은 남에게 선행을 베풀어야 할 입장에 있는 셈이다.

자유란 둘도 없는 매우 소중한 것이다. 사소한 도움이나 선물과 맞바꾸어 자유를 잃어버리는 일이 있어서는 안 된다. 한 사람에게만 전력으로 의지해서 살아가기보다 많은 사람에게 의지함으로써 기쁨을 찾아야 한다. 실력자가 유리하다는 것은 그만큼 많은 선행을 베풀 수 있다는 데 있는 것이다.

남에게 은혜나 도움을 받을 때도 순수한 호의라고만 생각해서는 안 된다, 이 세상에 공짜는 없다. 대부분의 경우 상대방은 호의를 팔아 사람을 묶어 두려는 데 불과하다.

상대방의 겉만 보고 속아 넘어가지 말라.

상대방의 겉만 보고 속아 넘어간다는 것은, 속임수에 잘 넘어 가는 사람 중에서도 가장 어리석은 부류에 속한다. 우리가 물건을 살 때도 상품 그 자체에 속기보다는 가격에 속는 편이 훨씬 많다. 모양에만 눈이 팔려 아무 쓸모없는 쓰레기 같은 것을 샀다고 울고불고 해 보아야 아무 소용이 없다. 좋은 물건은 터무니없이 비싼 값을 부른다는 사실을 알고 있다면 속았다고 푸념하는 일은 줄어든다.

상대방이 어떤 인간인가를 알고 싶으면 무엇보다도 주의 깊은 세심한 관찰이 필요하다. 물건을 구분하는 것과 사람의 본성을 꿰뚫어보는 것은 전혀 별개의 문제로 상대방의 기질을 알고 그 정체를 알아채는 데에는 뛰어난 능력이 있지 않으면 안 된다. 책을 많이 읽어 지식을 쌓는 일뿐만 아니라 인간성에 대해서도 연구를 해야 한다.

쾌활한 성격은 하나의 재능이다.

쾌활한 성격은 너무 지나치지 않다면 하나의 재능이지 결코 결점은 아니다. 위트를 잘 구사한다면 기가 막힌 조미료가 된다. 교양 있는 사람들은 품위 있게 행동하고 이야기할 때는 유머를 섞어가면서 말함으로써 세상 사람들로부터 한층 더 사랑을 받는다. 그러나 그들은 물론 분별 있는 행동을 중시하고, 결코 예의에 어긋나는 행동을 하지 않는다.

농담을 멋지게 활용한다면 어려운 난국도 힘들이지 않고 거뜬히 뛰어넘을 수도 있다. 또 때로는 다른 사람들이 매우 심각하게 생각하는 문제일지라도 농담으로 받아 넘기는 편이 좋은 경우도 있다. 이러한 점이 사람들의 눈에는 감동스러운 멋진 태도로 보이고 무어라고 말할 수 없는 야릇한 매력이 되어 상대방의 마음을 끌게 되는 것이다.

화를 내지 않는 것이 결코 매력은 될 수 없다. 무슨 일을 당해도 화를 내지 않는 사람은 참다운 인간이라고 말할 수 없다. 그들이 화를 내지 않는 것은 반드시 둔감해서만은 아니다. 어리석기 때문에 화를 낼 줄 모르는 경우도 많다.

화를 내고 꾸짖을 때는 주저하지 말고 사정없이 울화통을 터뜨릴 일이다. 그렇게 화를 낼 줄 알아야 비로소 인간적이라고 말할 수 있기 때문이다. 아무 일도 하지 못하는 허수아비의 정체를 알고 나면 참새들도 바보로 여기는 것이다. 엄격한 일면이 있는가 하면 다정하고 친절한 일면도 있는 것이 바로 분별 있는 인간의 참된 모습이다. 싱글벙글 웃고만 지낸다면 어린아이가 아니면 어리석은 바보일 것이다. 너무 둔감하면 큰 재난을 불러들이게 된다.

너무 지나치게 선량해서 신세를 망치는 일도 이 세상에는 얼마든지 있는 법이다.

스스로 노력해서 인격을 높여라.

인간의 성격은 7년마다 바뀐다고 한다. 이러한 변화의 길목에서 스스로 식견을 높이도록 노력하라.

태어나서 7년이 지나면 인간은 이성을 가지기 시작한다. 그리고 또 7년이 지날 때마다 새로운 미덕을 몸에 익히게 된다. 자연스러운 성장과 함께 자기 자신의 노력으로서 자신의 인격을 높이도록 하자. 그리고 다른 사람들도 똑같이 성장해 간다는 사실을 깨닫고 따뜻한 눈길로 잘 살펴보는 것이 좋다. 대부분의 사람들은 이와 같이 해서 행동을 고쳐 나가고, 높은 지위에도 오르며 마침내 천직을 찾게 되는 것이다.

그러나 그러한 변화는 서서히 찾아오는 것이므로 아무리 큰 변화가 닥쳐와도 자신을 되돌아보지 않으면 그 변화를 깨닫지 못하는 경우도 있다. 인간은 스무 살 때 공작이 되고, 서른 살에는 사자가 되고 마흔 살에는 낙타, 쉰 살에는 능구렁

이, 예순 살 때는 개, 일흔 살에 원숭이가 되고. 여든 살에 무
(無)로 돌아간다는 것이다.

함부로 화를 내지 말라.

걸핏하면 함부로 화롤 내는 성급한 사람은 그 자신이 위험
한 일을 당하게 될 뿐 아니라 남에게도 해를 끼친다. 자기 스
스로 한 말과 행동 때문에 자신의 위신을 떨어뜨리고 남의 체
면도 손상시키는 사람이 있다.

그러한 사람은 어디에나 있지만 그들과 잘 해나가기는 여
간 어려운 일이 아니다. 아침부터 저녁때까지 남들이 싫어하
는 짓만 해대고도 만족하지 못한다. 보는 일, 듣는 일 모든 일
에 화를 내고, 이야기하는 사람마다 붙들고 대든다. 무슨 일
이든 나쁜 쪽으로만 생각하고 무언가 이유를 붙여 반대한다.
이렇듯 남을 괴롭히고 피곤하게 하면서 자기 자신은 무엇 한
가지도 만족하지 못하고 남의 험담만을 해대는 것이다.

불평불만에 가득 찬 인종들이 사는 나라는 크고 넓어서 그
와 같은 도깨비들이 더욱 우글거리고 있다.

경솔한 사람은 업신여김을 당한다.

경솔한 말과 행동은 명성을 얻는 데 가장 큰 장애가 된다.
조심성이 많고 신중한 사람은 보통 사람에게는 없는 덕을 갖

춘 사람이라고 볼 수 있다. 이에 대해서 경솔한 사람은 보통 이하의 사람으로 간주된다.

경솔한 언동만큼 품위를 떨어뜨리는 일은 없다. 경솔한 사람과 존경받는 사람과는 극과 극의 자리에 있기 때문이다. 경솔한 모든 사람은 그 친구도 경솔하여 덜렁거리는 이가 많다. 나잇살 먹은 이가 그렇다면 나잇값도 못한다고 더욱 업신여김을 당할 것이다. 누구나 나이를 먹으면 자연히 분별력이 생기고 자기 분수를 알게 되기 때문이다.

자신의 결정적인 결점을 알아야 한다.

타고난 재주가 많은 사람일수록 결점도 많이 있게 마련이다. 결점은 고치지 않고 내버려 두면 점점 악화되어 폭군처럼 사람을 지배하기 시작한다.

결점을 극복하는 첫걸음은 우선 그 결점에 유의해야 할 일이다. 최대의 결점이 무엇인가를 알고 그 결점을 고치도록 노력해야 한다. 자신의 결점을 비난하고 헐뜯는 사람들 못지않게 자기 스스로 그 결점에 유의해서 고치도록 해야 한다. 스스로 자기 자신이 할 일을 곰곰이 생각하고 자신을 자제하는 것이다. 가장 큰 결점만 극복해 낸다면 나머지 결점들도 차차 없어지게 될 것 이다.

인간으로서의 완성을 목표로 삼아라.

신이 아닌 이상 완성된 인간으로 태어난 사람은 한 사람도 없다. 날마다 노력에 노력을 거듭하고 인격적으로나 직업적으로나 완성을 목표로 삼고 정진해 나아감으로서 재능은 점점 빛을 더해 가고 그 이름은 드디어 높아지게 된다.

고상한 취미와 명석한 두뇌, 명확한 의지와 원숙한 판단력, 이러한 조건들이 완성된 인간임을 나타내는 지표가 된다. 항상 무엇인가 부족한 점이 있어서 완성이라는 영역에 이르지 못하는 사람이 있는가 하면 오랜 세월 끝에 자아실현을 하는 사람도 있다

자아실현을 한 사람은 말 속에 밝은 마음과 슬기로운 생각이 넘쳐흐르고, 분별력이 있는 행동을 하므로 생각이 깊고 뛰어난 인물이라고 사람들로부터 환영을 받고 누구나 친구가 되고 싶어 한다.

잘 알지 못하는 일을 시작할 때에는 가장 확실한 길을 선택해야 한다.

확실한 방법을 선택하면 독창적이라는 평을 받지는 못하지만 건실하다는 평가는 얻을 수 있다. 모든 면에서 정통한 사람이라면 위험을 무릅쓰고라도 자기 자신의 꿈을 키워 나갈 수 있을 것이다. 그러나 아무것도 알지 못하는 상태에서 위험

을 무릅쓰고 어떤 일을 해 나간다는 것은 스스로 파멸의 길로 뛰어드는 것이나 다름이 없다.

무슨 일이든 정도(正道)로 나가는 것이 좋다. 수많은 시행착오를 거쳐 확립된 길이라면 잘못될 일은 거의 없다. 그러한 길에 정통하지 못한 사람은 정도를 걸어 나가는 것이 좋은 방법이다. 지식이 있고 없고 간에 유별난 행동을 하기보다는 확실한 길을 선택하는 편이 안전하다.

때로는 상식 밖의 사고방식을 활용하라.

남이 하는 말에 대해서 일체 반론을 제기하지 않는 사람을 높이 평가해서는 안 된다. 그러한 사람은 상대방을 대단하게 여기는 것이 아니라 오직 자신만을 위할 뿐이다. 남에게 아첨하는 사람에게 속아서는 안 된다. 상대방이 아첨하는 말을 참말로 받아들이지 말고 엄격하게 꾸짖어야 한다. 남에게 비판받는 것을 명예로운 일이라고 생각하는 것이 좋다. 특히 상대방이 뛰어난 인물을 사정 볼 것 없이 비난하는 사람이라면 더욱 그렇다.

자신의 일이 누구한테든 칭찬을 받는다면 위험 신호라고 생각해야 한다. 하고 있는 일이 대단한 일이 아니거나 별것이 아닐 가능성이 높다, 진정으로 훌륭한 일은 아주 소수의 사람밖에 이해하지 못하는 수가 많기 때문이다.

세상의 평판이 좋지 않은 일에는 손을 대서는 안 된다. 더구나 가망이 없는 일은 그 일로 명성을 얻기는커녕 비웃음을 사기 쉬운, 허황되고 터무니없는 이야기에 말려드는 꼴이 된다.

세상에는 일시적인 현상이라고밖에 여겨지지 않는 여러 가지 주장과 주의를 내건 단체들이 상당히 많다. 양식 있는 사람이라면 그러한 사람들과는 일체 관련을 갖지 않도록 해야 한다.

세상에는 색다른 별난 취미를 가진 사람도 있는 법인데 그들은 지혜로운 사람이 돌아보지 않는 일일수록 호감을 갖는다. 기발한 것이라면 무슨 일이든 존중한다. 때로는 남이 하지 않은 일을 함으로써 세상에 이름을 날리게도 되지만 그것은 비웃음을 사는 일이지 진정으로 명망을 높이는 일은 아니다.

학문을 하는 경우에 생각이 깊은 학자라면 그 일을 자랑한다거나 세상의 주목을 한 몸에 받게 되는 그런 일은 피해야 한다. 더구나 사람들의 비웃음을 사기 쉬운 일에 손대는 것이라면 더욱 피해야 할 것이다.

인생살이에서 알아 두어야 할 중요한 일의 하나는 직업이든 그 밖의 일이든 물러갈 때를 체득하는 일이다. 그런 생각없이 아무렇게나 일을 진행하는 경우가 있는데, 이는 중요한 시간을 허비하는 것뿐만 아니라 그런 일에 정신없이 바삐 쫓아다닌다는 것은 아무 일도 하지 않는 것보다 훨씬 결과가 좋지 않다. 다른 사람의 일에 간섭하지 않는 것만으로는 분별 있는 사람이라고 말할 수 없다. 다른 사람도 자신의 일에 끼어들어 간섭하지 않도록 해야 하는 것이다.

자기의 일이 만족스럽지 못하거나 좋지 않을 때일수록 다른 사람이 간섭하게 해서는 안 된다. 친구의 호의를 너무 스스럼없이 받는 것은 좋지 않고, 더욱이 그들이 자진해서 제공해 주는 이상의 것을 바라서도 안 된다. 무슨 일이나 정도가 지나치면 좋지 않지만 특히 인간관계에 있어서는 더욱 그러하다. 사려 깊게 분별을 하여 행동을 하고 절도를 지켜 대접하면 상대방은 언제나 호의를 가지고 대할 것이며 이쪽에 대한 존경의 마음도 변함이 없게 된다.

예의는 모든 행동의 근원으로 소중한 것이어서 쓰면 쓸수록 빛나는 것이다. 가장 중요한 일을 자기 뜻대로 대처해 나갈 수 있는 만큼의 자유를 확보해 두지 않으면 안 된다. 그리고 자신의 양심을 저버리는 일을 결코 해서는 안 된다.

지혜로운 사람들을 자기 주위로 끌어들여라.

어떤 일을 잘 진행되게 하려면 주위에 지혜로운 사람들을 끌어 모아야 할 일이다. 자신의 무지함 때문에 궁지에 빠지더라도 그들이 구출해 주고, 자신을 대신하여 고통스러운 투쟁에 몸을 던져 줄 것이다.

지혜로운 사람을 잘 이용하는 사람은 아주 보기 드문 뛰어난 능력을 가진 사람으로, 정복한 여러 나라 왕을 곧잘 노예로 삼곤 하던 티그라네스 2세보다도 훨씬 더 나은 사람이다. 그는 인생의 중요한 국면에서 남을 자유자재로 부리는 새로운 방법을 아는 사람이고, 타고난 훌륭한 사람을 멋지게 자신의 부하로 삼아 버린 사람이기 때문이다,

인생은 짧고 알아야 할 일은 산더미 같다. 무지(無知)해서는 살아갈 수 없기 때문이다. 그러므로 크게 힘들이지 않고 지식을 얻으려면 이만저만한 노력이나 재주가 필요한 것이 아니지만 수많은 사람들로부터 많은 지식을 흡수하며, 그들이 떼를 지어서 몰려오더라도 조금도 놀라지 않을 만한 지식을 비축해 둘 일이다.

그렇게 해 두면 모임 같은 데 나와 발언하는 경우에도 수많은 사람들의 의견을 섭렵하여 자신의 생각을 이야기할 수가 있다. 이야기하는 가운데에 조언을 받은 현명한 사람들의 지혜가 가득 들어 있기 때문에 다른 사람의 조언 덕분으로 현명한 사람의 명예나 자랑거리도 손 안에 넣을 수 있는 것이다.

테마를 정해 놓고 주위 사람들로부터 그 범주 안의 지식을

흡수한다. 지혜 있는 사람을 부하로 만들 수가 없다면 그의 친구라도 되어야 할 일이다.

주) Tigranes II the Great, 서기전 1세기 서남아시아에 있던 아르메니아의 왕, 파르티아를 침략한 그는 싸움에서 패배한 여러 나라의 왕을 굴복시켜 따르게 하고 이따금 민중 앞에 나타나곤 했다.

한 번 시작한 일은 끝을 보아라.

무슨 일이든 무턱대고 손을 대기만 하지 끝까지 해내지 못하는 사람이 있다. 변덕스러운 성격이기 때문에 무엇을 시작해도 오래 계속하지를 못한다. 그 동안 훌륭하게 잘 해 나갔다 하더라도 그 일을 끝까지 이루어 내지 못한다면 사람들에게 칭찬받을 수가 없다.

이러한 사람은 일이 결말이 나지 않았는데도 이미 끝장이 나버린 듯 한 생각이 들기 때문이다. 한 번 시작한 일을 끝까지 해내지 못하는 것은 변덕스러운 성격 때문일 수도 있지만, 다른 한편으로는 무모하게도 불가능한 일에 몰두하기 때문일 수도 있다.

그러나 해볼 만한 가치가 있는 일이라면 끝까지 이루어 볼 만한 가치도 있는 것이다. 끝을 볼 만한 가치가 없는 일이라면 도대체 무엇 때문에 손을 댄단 말인가. 현명한 사람은 단순히 사냥감을 추적만 하는 것이 아니라 정확히 쏘아 잡는 것이다.

지식이 풍부한 사람과 사귀어라.

배움이 많은 사람과 사귀어라. 친구와의 교제 현장은 지식을 탐구하는 또 하나의 학교가 된다. 친구와의 대화를 통해서 세련된 교양을 몸에 익힐 수 있는 것이다.

친구를 스승으로 삼으면 즐거운 대화를 나누면서 유익한 지식을 얻을 수 있다. 때문에 지식인과의 교우를 즐기는 것이 좋다. 이쪽의 이야기에 감탄의 소리가 있으면 그것만으로도 보람이 있다고 본다. 남들과 나누는 대화에 귀를 기울이고 있으면 지식도 쌓이게 된다.

사람과 사람이 서로 교제하는 것은 이해관계 때문에 하는 수도 많다. 지식인과의 교류는 비록 이해관계에서 이루어졌다 하여도 거기에는 기품이 감돈다.

사려 깊은 사람은 성공하여 명성을 얻은 품위 있는 인물의 집을 발이 땋도록 출입한다. 그곳은 허영이 소용돌이치는 저택이 아니다. 명사들이 모이는 무대인 것이다. 그들 중에는 많은 사람들로부터 존경을 받는 학식과 풍부한 식견으로 이름을 떨친 인물도 있다. 그러한 사람들과 가까이 지내면서 그들을 본보기로 삼는다면 인생에서의 중요한 것이 무엇인지 깨달을 수가 있다. 그들의 주변에는 지혜가 풍부하고 기품이 넘쳐흐르는 사람들이 떼 지어 모이는 사랑방이 늘 있는 법이다.

친구는 자신의 분신이다.

친구는 또 다른 자기, 즉 제2의 자신이다. 친구에 대해서는 누구나 친절하고 거리낌 없이 지혜를 빌려 준다. 그들과 함께 있으면 무엇이든 잘 되어 나가는 것이다.

친구가 나에게 기대를 갖는 것은 나 자신에게 그만한 가치가 있다는 말이고, 그들이 높이 평가해 준다면 그것을 곧이곧대로 받아들여도 좋다. 친구의 입에서 나오는 말은 마음속에서 나오는 말이다. 상대방을 위해서 정성을 다하는 일만큼 그의 마음을 사로잡는 길은 없다.

친구를 만들려면 인품이나 태도에 잘난 체하거나 격식차림이 없이 친절한 행동을 보여 주는 것이 제일이다. 얼마나 많은 것을 얻을 수 있는가, 얼마나 많은 일을 이루어 낼 수 있는가는 친구 나름이다. 삶은 좋은 친구와 함께 살아 나가든가, 아니면 적과 상대하여 매일을 보내든가 둘 중의 하나이다. 하루에 한 사람씩 친구를 만들어 가자. 친구가 되지 않아도 자기를 따라 주는 사람만 있으면 된다. 능숙한 방법으로 선발하면 신뢰할 만한 친구가 몇 사람은 남아 있을 것이다,

거짓말을 해서는 안 되지만 또한 진실을 전부 말해서도 안 된다.

거짓말을 해서는 안 된다. 그러나 진실을 전부 말해 버려도

좋지 않다. 진실한 이야기만큼 말하기가 어려운 것도 없다. 무심코 한 말이 상대의 심장에 못을 박을 수 있다. 어렵게 진실을 말하는 데에도, 애써 감추는 데에도 모두 테크닉이 필요한 일이다.

한 번이라도 거짓말을 하게 되면 정직하다는 평판이 하루아침에 없어져 버린다. 속아 넘어간 사람에게도 잘못이나 과오가 있었다고 생각할 것이다. 그러나 속인 사람은 신의가 없는 사람이라고 보게 될 것은 물론이고 명예도 잃어버릴 것이 틀림없다.

진실을 모두 다 털어놓는 것은 좋지 않다. 자신을 위해서 잠자코 있어야 할 경우도 있고 또 다른 사람을 위해서도 입을 다물고 있어야 할 때도 있는 것이다.

그날그날 쫓기는 생활을 해서는 안 된다.

그날그날 사는 데 쫓겨 안달을 하며 생활해서는 안 된다. 앞날을 예측하며 계획을 세우고 분별 있는 생활을 하도록 해야 한다. 여유 없는 인생만큼 괴롭고 고달픈 것은 없다. 그것은 편안한 집에서 잠을 자지 못하고 기나긴 여행을 하는 것과 같다.

다양한 지식을 접하며 사는 인생에 기쁨이 찾아온다. 멋지고 훌륭한 인생을 살아가기 위해서 우선 여러 사람들과 대화의 시간을 갖도록 하자. 사람은 지식을 넓혀 가고 그러한 자기 자산을 확인하며 사는 것이라고 할 수 있다. 책은 사람을 참된 인간으로 이끌어 주는 성실한 안내자이다.

그리고 두 번째로 해야 할 일은 시대를 앞서가는 사람들과 대화를 나누는 일이다. 이 세상에 있는 멋지고 훌륭한 모든 것에 눈을 돌리자.

세 번째로 할 일은 자기 내면과의 대화이다. 철학적인 사색을 깊이 하는 일은 이 세상에서 얻을 수 있는 최고의 기쁨 중의 하나이다.

인생의 목표로 삼을 만한 위인을 한 사람 마음속에 정해 놓는다.

인생의 목표로 삼을 만한 위인 한 사람을 마음속에 정해 놓아라. 그를 단순히 모방하는 것이 아니라 그 인물과 서로 경쟁을 하라.

세상에는 본보기를 삼을 만한 위인이 얼마든지 있다. 그들은 명성을 얻게 하는 산 교과서이다. 제각기 저마다 자신의 전문 분야에서 제일인자를 선택하는 것이 알렉산더대왕이 아킬레우스의 묘 앞에서 눈물을 흘린 것은 아킬레우스를 애도해서가 아니라 자기 자신의 처지를 생각해서였다. 아킬레우스와는 달리 자신은 태어난 이래로 아직까지 명성을 얻지 못하고 있다는 것이다.

다른 사람의 명성이 트럼펫의 음색처럼 높고 날카롭고 명쾌하게 울리는 소리를 듣는 것만큼 야심을 북돋아 주는 일은 없다. 그 소리가 귀에 들리면 두려움을 잊게 되고 질투심이 사그라지고, 기품이 높은 행동으로 향하게 되는 것이다.

주) 고대 마케도니아 왕. BC 336-323까지 재위. 그리스 모든 도시를 규합, 이집트에서 인도까지 정복 독특한 헬레니즘 문화를 꽃피웠다.

주) 그리스 신화에 나오는 트로이 전쟁의 용사의 이름이다.

자신의 목표에 이르는 길을 날마다 생각해 보자.

내일의 일 그리고 며칠 후의 일까지도 오늘 모두 생각해 놓자. 생각하는 시간을 가지는 일이 무엇보다도 장래에 대한 배려가 된다. 장차 다가올 난국을 대비해서 궁리하고 생각하는 데 드는 시간을 아까워해서는 안 된다. 지혜를 짜내서 매우 위급하고 어려운 경우를 미연에 방지하도록 해야 한다.

일을 시작하기 전이나 일을 끝낸 뒤에도 아예 생각 같은 것은 하지 않는 사람도 있다. 사람은 자기 자신이 목표로 삼은 것에 대해서, 그곳에 이르는 길을 매일매일 생각하면서 살아가야 하는 것이다. 무슨 일이든 시작하기에 앞서서 먼저 곰곰이 생각하고 장래에 대한 배려를 해두는 것은 인생을 보다 잘 살아 나가기 위한 방책이다.

세련되고 고상한 지식을 비축하라.

풍부한 지식을 비축하라. 현명한 사람은 고상한 지식을 비축하여 무장하고 있다. 그것은 저속한 스캔들 같은 이야기도 아니고 오늘날의 여러 가지 사건 정보에 관한 실제적인 지식인 것이다.

그들은 재치 있는 말로써 자신의 이야기를 돋보이게 하고, 촌티를 벗어난 세련된 언행으로써 타인에게 좋은 인상을 심어 놓는다. 그들의 그러한 언행은 실제 일 처리 능력에서 곧바로 표출되기도 하고 임기응변으로 나타나기도 하는 것이다. 남에게 충고를 할 때에도 꾸짖고 나무라는 훈계식의 말을 하기보다는 유머가 섞인 부드러운 말로 하는 편이 훨씬 더 효과가 있다.

일곱 가지 교양 과목이 식견을 많이 높여 주지만 그보다도 다른 사람들과 이야기를 나누는 가운데에서 얻어지는 지식이 훨씬 더 도움이 되는 경우도 있는 것이다.

주) 저자가 살던 중세 유럽의 학교에서 가르치던 교육 과목으로 문법, 수사학, 논리학, 수학, 지리, 천문, 음악 등이다.

일상생활에 필요한 실용적인 지식을 몸에 익혀 두자.

실용적인 지식을 몸에 익혀 두자. 단순히 생각만 하는 것이 아니라 실제로 행동으로 익히지 않으면 안 된다.

현명한 사람일수록 속아 넘어가기 쉬운 법이다. 그들은 놀라울 만큼 박식하지만 일상생활에 필요한 일에 대해서는 잘 알지 못한다. 고상한 사색에만 빠져 있으면 세상 물정에 어둡게 된다. 누구나 알고 있을 만한. 생활해 나가는 데에 꼭 필요한 지식이 없기 때문에 생각이나 소견이 좁은 일반 대중을 질려 버리게도 하고, 무지하다는 생각이 들게도 하는 것이다.

그러므로 현명한 사람이라고 불리는 사람이라도 속아 넘어가거나 웃음거리가 되지 않을 정도면 되니까 좀 더 실용적인 지식을 몸에 익히도록 해야 한다.

사무적인 일이나 자질구레한 일이라도 그 방법을 알아 둘 일이다. 이런 일은 인생살이에서 그다지 중요한 일이 아닌지는 몰라도 생활해 나가는 데에는 없어서는 안 될 일이다.

실제로 도움이 되지 않는 지식 따위야 있더라도 큰 도움이 되지 않을 것이다. 오늘날에는 살아가는 처세를 알고 있는 사람이야말로 참다운 지식인이라고 말할 수 있는 것이다.

주변 사람들의 인격적 결함에 익숙해져야 한다. 날마다 만나야 하는 보기 싫은 얼굴도 습관을 들여라. 직장에서 윗사람에게 시중을 드는 사람은 이런 타협적 방법으로 하루하루를 이겨 나갈 수 있다. 시장에 가면 인간과 함께 살 수 없는 짐승들이 우리 안에 갇혀 있다. 하지만 그 짐승들이 없다면 인간은 살 수가 없다. 따라서 짐승과 대면해야 할 때에는 자신의 감정을 억눌러라. 그들을 받아들이는 것도 한 가지 지혜이다. 처음에는 소름이 끼치겠지만, 점점 두려움이 사그라진다. 나아가서는 불쾌함에 대한 저항력이 생겨 나중에는 짐승들을 보아도 마치 그림을 보는 것과 같은 느낌을 받게 된다.

정직한 사람을 밀어내면 명예롭지 못하다.

남에게 교활하다는 말을 듣지 마라. 가령 지금 세상에서 때로는 사기를 치지 않고는 살기 어렵다고 할지라도 게으르게 살기 보다는 분별을 갖고 사는 편이 훨씬 낫다. 양심을 죽이며 떨고 사느니 지혜를 무기로 존경받고 사는 편이 훨씬 낫다. 평판이라는 것은 눈에 보이지 않는 날개를 갖고 있어서 미처 생각지도 못한 곳까지 날아갈 수 있다. 가장 좋은 묘책은 정당한 목적에 사용하라. 정직한 사람을 속이는 것만큼 쉬운 일은 없다. 거짓말을 하지 않는 사람은 남의 말을 모두 진실로 받아들이는 경향이 있다. 그들은 유별나게 못된 사람이 아니라면 모두 신용한다. 겉만 번지르르하고 알맹이가 없다는 말을 듣기보다는 신용을 중시하는 사람이라는 평판을 듣도록 노력하라.

말은 간결할수록 곧 훌륭한 웅변이다.

하나의 화제에 대해 고정된 사고틀 안에서 장황하게 연설을 늘어놓으면 상대방이 쉽게 싫증을 느낀다. 간결한 말은 판에 박힌 일상사에 참신한 매력과 완결미를 주고, 능력 부족을 화술로 보충해 준다. 말이 간결하면 할수록 좋은 인상을 배가시킨다. 아무리 서투른 말일지라고 간결하면 할수록 그만큼 실점이 반으로 준다. 묽은 포도주도 손끝에 조금 묻히면 엑기스로 응결된다.

흔히 말하듯이 미사여구를 늘어놓으며 빙빙 돌려 말하는 사람치고 현명한 사람은 없다. 말은 장황하면 할수록 진지하게 귀담아 들을 수 없게 된다. 간결한 어법이야말로 웅변인 것이다. 바쁜 세상에 미혹감을 떨치지 못하는 사람들의 의심스런 눈빛에도 아랑곳하지 않고 쓸데없는 말로 상대방의 귀를 번거롭게 하는 사람들이 있다. 이러한 사람들은 시간에 쫓기는 사람들에게 있어서 시간이 황금보다 더욱 귀중하다는 점을 깨달아야 한다. 이를 빼앗는 것은 용서할 수 없는 행위이다.

주어진 틀 안에서 최선을 다하라.

당신을 둘러싸고 있는 상황 속에서 최선을 다하라. 그 안에서 획득할 수 있는 것을 기대하고, 또 그 안에서 완성할 수 있는 일에 종사하라. 한편 정의와 선을 규범으로 삼더라도 당신을 구속하는 법에 묶여 살 필요는 없다. 누구에게도 해를 끼치지 않을 정도의 자유를 견지하라. 그리고 만족감을 주는 것을 소중히 여기되 남에게 실토하면 안 된다. 자신이 한 말이 바로 내일 무시당할 수도 있기 때문이다. 시대의 변화에 부응하여 부드럽고 조심스럽게 기회에 편승하라. 현실을 분별하지 못하고 어떤 상황에서도 자신에게 주어진 틀 속에 안주하려는 사람이 있다. 그러나 지혜 있는 사람은 분별력을 갖고 주어진 상황을 최대한 활용한다.

상대방의 언행을 쉽게 믿지 말라.

판단이란 가능한 한 많은 시간을 필요로 한다. 중요한 일일수록 더욱 그렇다. 무슨 일이든 경솔하게 다루면 안 된다. 미숙한 사람은 빨리 결정한다. 성인은 성숙한 신중함을 말하고, 자신의 신념에 대해서조차 신중하게 성찰한다. 쉽게 믿지 말고 쉽게 마음에 두지 말라. 남이 하는 말을 즉석에서 따르는 것은 분별없는 행동이다. 언행에는 허풍도 있고 거짓도 있다. 거짓이 행동으로 옮겨지면 더욱 해롭다. 그렇다고 해서 남의 성의를 무턱대고 의심해서는 안 된다. 상대방은 이를 무례하다고 느끼고, 치욕으로 느낄 수도 있기 때문이다. 일상생활에서 일어나는 지극히 평범한 일 가운데에도 실수하는 일이 잦다. 주의 깊게 성찰한 것만을 믿어라.

모든 사물에는 행복과 불행이라는 두 가지 측면이 있다.

행복에 이르는 길은 무수하게 많다. 대부분의 사람들은 직관적으로 자신의 길을 선택하나, 사기꾼이나 욕심이 많은 자는 무수하게 많은 길을 헤맨다. 하지만 신조를 가진 사람은 좁은 길을 선택한다. 상황에 올바로 대처하기 위해서는, 행복으로 가는 길이라고 해서 무조건 나서지 않는다. 모든 사물에는 행복과 불행이라는 두 가지 측면이 있다. 좋은 도구도 칼이 선 부분을 쥐면 상처를 입고, 흉기도 자루부분을 쥐면 몸을 보호하는 수단이 된다. 그 어떤 사물도 고통을 주든지 기쁨을 줄 수 있지만, 고통도 보이기 따라서는 기쁨으로 변할 수 있다. 지혜는 빛의 방향을 변화시킬 수도 있다. 무엇이 행복이고 무엇이 불행인가를 분별하라. 모든 것에 만족할 줄 아는 사람이 있는가 하면 무엇을 보아도 슬픔만 느끼는 사람도 있다. 불운에 대처하는 최상의 방어이고 꼭 잊지 말아야 할 인생의 열쇠는 단 한 가지, 모든 사물에 행복의 빛을 전파하는 것이다.

균형 잡힌 사고방식은 행복을 낳는다.
사람들의 마음속에는 천국과 지옥이 있다. 우리들이 살고 있는 세상은 바로 그 중간에 위치한다.

우리 모두는 양극에 끼여 살고 있기 때문에 행운도 잡고 괴로움도 당한다. 세상 그 자체는 아무것도 아니다. 다만 지옥으로 가느냐! 천국으로 가느냐가 중요한 것이다.

사람은 천국에 대한 동경심과 지옥에 대한 두려움을 지나도록 창조되었다.

그리고 성장함에 따라 편리를 추구한다. 따라서 자신에게 할당된 운명을 받아들이는 것이 양식이라면, 거기에 동요하지 않는 것이 지혜라고 말할 수 있다. 인생은 날이 갈수록 복잡해지지만 산꼭대기에 오르면 계곡으로 내려가는 길이 훤히 보이듯이 종말에 가까이 가면 또 다시 평탄한 길이 나온다.

인생의 여로에서 항상 균형 잡힌 사고를 해 나가면, 최후에는 행복한 종말을 맞이하게 될 것이다.

상대방의 결점을 정확히 간파하라.

상대방이 엉큼한 속마음을 감추고 재치 있는 말솜씨로 겉모양을 꾸미거나 짐짓 공손한 태도로 대하더라도 정확한 눈으로 그의 속마음을 간파해야 한다.

속으로 나쁜 마음을 품고 황금의 왕관을 쓰고 있다 하더라도 금도금하기 이전의 본바탕인 쇠는 숨길 수 없는 법이다. 비열한 사람이 아무리 품위 있는 체해도 그 천하고 용렬한 성질은 빤히 들여다보인다.

속이 검은 사람은 아무리 높은 지위에 올라갔다 해도 그 비열함이 없어지지는 않는 것이다. 물론, 위인이라고 칭송되는 사람이라도 결점은 있다.

그가 위대한 사람으로 이름을 떨치게 된 것은 그 결점 때문이 아니다.

그러나 사람들은 그런 점을 알지 못하고 위대한 사람의 행동을 그대로 따라하면 틀림없이 위대한 사람이 되리라고 잘못 판단하기도 한다. 그래서 그의 나쁜 점까지도 따라하려고 한다. 위인에게는 그가 위인이기 때문에 예사로 넘기는 행동도 보통 사람이 그런 행동을 하면 결점으로 보여 아주 좋지 않은 평판을 받게 된다는 사실을 명심해야 한다.

남이 넌지시 돌려서 한 말의 참뜻을 알아채고 이를 재치 있게 잘 이용하라. 이것이 대인관계를 좋게 할 수 있는 열쇠이다. 사람들은 흔히 말을 돌려서 하여 상대방의 이해 능력이 어떤지 시험해 보거나 속마음을 알아내려고 하는 법이다.

남의 마음이나 기분 따위는 아랑곳하지 않고 빈정거리거나 질투라는 톡 쏘는 약을 먹여 그 강렬한 독에 둘러싸이게 하기도 한다.

이는 눈에는 보이지 않는 번개나 벼락같은 것이어서 수많은 사람들로부터 호의와 선망과 존경을 한 몸에 받는 사람을 일격에 쓰러뜨려 버린다.

빈정거리는 한 마디의 말에서 받은 상처로 쇠퇴의 길을 걷는 사람도 있다. 그를 쓰러뜨린 사람들은 대중들 사이에서 불만의 소리가 높아지고 통렬한 비판의 소리를 뒤집어쓰더라도 조금도 기가 죽는 법이 없다.

한편 호의에 찬 비유, 이것은 반대의 작용을 한다. 바꿔 말해서 그 사람의 명성을 드높여 주는 역할을 해 준다. 그러나 중요한 것은 호의에 찬 말의 화살을 맞았건, 악의가 담긴 화살을 맞았건 그것에 맞아도 비틀거리지 않고 중심을 잡는 재치가 필요하다. 그것은 바로 조심스럽게 기다렸다가 그 화살을 잘 막아 내는 일이다.

상대를 아는 것이 가장 좋은 방어이다. 일격이 날아올 것을 예상하고 있다면 이것을 피하는 일이 힘들지 않기 때문이다.

《도덕경》은 노자가 지은 것으로 알려진 도가의 대표적인 경전으로 《노자》로도 불린다. 노자는 이 저서에서 전체적으로 자연에 순응하는 무위(無爲)의 삶을 살아갈 것을 역설하였다. 무위(無爲)는 도교에서 가장 중요시되는 행동 원리로 일체의 부자연스러운 행위, 인위적 행위가 없음을 뜻한다. 인간의 지식이나 욕심이 오히려 세상을 혼란시킨다고 여기고 〈자연 그대로〉를 최고의 경지로 본다.

도를 아십니까?
— 노자의 도덕경에서

三十輻共一, 當其無, 有車之用, 埏埴以爲器, 當其無, 有器之用, 鑿戶牖以爲室, 當其無, 有室之用, 故有之以爲利, 無之以爲用.

삼십 개의 바퀴살이 한 바퀴통에 꽂혀 있으나 그 바퀴통의 빈 것 때문에 수레의 효용이 있는 것이며, 찰흙을 빚어서 그릇을 만드나 그 가운데를 비게 해야 그릇으로서의 쓸모가 있으며, 문과 창을 뚫어서 방을 만드나 그 방안이 비어 있어야 방으로서의 쓸모가 있다. 그러므로 유(有)로써 이롭게 하는 것은, 무(無)로써 그 용도를 다하기 때문이다.

企者不立, 跨者不行, 自見者不明, 自是者不彰, 自伐者無功, 自矜者不長, 其在道也, 曰餘食췌行, 物或惡之, 故有道者不處.

발돋움하는 자는 서지 못하고, 큰 걸음으로 걷는 자는 가지 못하고, 스스로 나타내는 자는 뚜렷해지지 않고, 스스로 옳다고 하는 자는 나타나지 못하고, 자기 공을 자랑하는 자는 공이 무너지고, 자만하는 자는 오래가지 못한다. 이런 것들은 도에 있어서 찬밥이요 쓸모없는 행동이라, 누구나가 항상 이를 미워한다. 그러므로 유도자(有道者)는 거기에 몸담지 않는다.

重爲輕根, 靜爲躁君, 是以聖人終日行不離輜重, 雖有榮觀, 燕處超然, 奈何萬乘之主, 而以身輕天下, 輕則失本, 躁則失君.

무거움은 가벼움의 뿌리요, 고요함은 시끄러움의 임금이다. 그러므로 성인은 종일 가도 치중을 떠나지 않고, 아름다운 경치가 있어도 편안하게 있어 초연하다. 어찌하여 만승의 임금으로서, 몸을 천하에 가볍게 할 것인가. 가볍게 하면 곧 근본을 잃고, 떠들썩하면 곧 임금을 잃는다.

將欲取天下而爲之, 吾見其不得已, 天下神器, 不可爲也, 爲者敗之, 執者失之, 故物, 或行或隨, 或歔或吹, 或强或羸, 或挫或隳, 是以聖人去甚, 去奢, 去泰.

천하를 얻고자 하여 이를 행하는 자는, 그것이 불가능함을 나는 본다. 천하는 신기이라, 인력으로 하려다가는 실패하고,

손으로 잡으려 하다가는 놓친다. 무릇 만물은 스스로 가기도 하고 남의 뒤를 따라가기도 하며, 또 어떤 것은 강하고 어떤 것은 약하며, 어떤 것은 좌절되고 어떤 것은 무너진다. 그러므로 성인은 과도한 것을 버리고, 과욕을 버리고, 교만을 버린다.

夫佳兵者, 不祥之器, 物或惡之, 故有道者不處, 君子居則貴左, 用兵則貴右, 兵者, 不祥之器, 非君子之器, 不得已而用之, 恬淡爲上, 勝而不美, 而美之者, 是樂殺人, 夫樂殺人者, 則不可得志於天下矣, 吉事尙左, 凶事尙右, 偏將軍居左, 上將軍居右, 言以喪禮處之, 殺人之衆, 以哀悲泣之, 戰勝. 以喪禮處之.

훌륭한 병기는 상서롭지 못한 것이라 만물이 항상 이를 미워한다. 그러므로 유도자는 그것에 몸담지 않는다. 그래서 군자는 평상시에는 왼쪽을 귀히 여기고, 병기를 쓸 때는 바른쪽을 귀히 여긴다. 병기란 상서롭지 못한 것, 군자가 소지할 것이 못 된다. 부득이하여 이를 쓰게 되면 염담(恬淡) 것을 최상으로 삼아야 한다. 승리하여도 찬미하지 않아야 하고, 만일 이를 찬미한다면 이는 살인을 즐거워하는 것이니, 무릇 살인을 즐거워한다면 곧 뜻을 천하에 얻지 못한다. 길한 일에는 왼쪽을 숭상하고, 흉한 일에는 바른쪽을 숭상한다. 편장군은 왼쪽에 있으며 상장군은 바른쪽에 있으니, 상례(喪禮)로써 이에 대처함을 의미한다. 사람 죽이기를 많이 했으니 비애로써 이에 임할 것이고, 전쟁에서 승리한다 해도 상례로써 이에 대처한다.

주) 염담(恬淡) : 욕심이 없고 마음이 깨끗하다.

道常無名, 樸, 雖小, 天下莫能臣也, 侯王若能守之, 萬物將自賓, 天地相合, 以降甘露, 民莫之令而自均, 始制有名, 名亦旣有, 夫亦將知止, 知止, 可以不殆, 譬道之在天下, 猶川谷之於江海.

도의 진실, 즉 참된 도(道)에는 이름이 없으며, 다듬지 않은 통나무처럼 비록 보잘것없어 보이지만 이를 다스릴 자 세상에 없다. 임금이나 제후가 만일 이를 지킬 줄 알면, 천하 만물이 자연히 귀복하게 될 것이다. 이렇게 되면 천지가 서로 교합하여 태평성대의 징조로서 감로를 내리고, 백성들에게 명령하지 않아도 저절로 잘 다스려진다.

소박한 통나무를 잘라 여러 가지 이름이 붙은 그릇을 만들듯이, 무위자연의 도(道)를 이 세상에 전개하면, 그런 이름이 붙은 것들은 자기의 머무를 바를 알게 된다. 그런데 그 머무를 바를 알게 되면 조금도 위태롭지 않다. 도가 천하에 있다는 것은 비유해 말하면, 마치 모든 내(川)와 골짜기의 물이 강과 바다로 흘러드는 것과 같다.

知人者智, 自知者明, 勝人者有力, 自勝者强, 知足者富, 强行者有志, 不失其所者久, 死而不亡者壽.

남을 아는 자는 지혜롭고, 스스로를 아는 자는 현명하며, 남에게 이기는 자는 힘이 있고, 스스로에 이기는 자는 강하며, 족함을 아는 자는 부유하고, 힘써 행하는 자는 뜻이 있고, 그 자리를 잃지 않는 자는 영구하고, 죽어도 망하지 않는 자는 장수한다.

名與身孰親, 身與貨孰多, 得與亡孰病, 是故甚愛必大費, 多藏必厚亡, 知足不辱, 知止不殆, 可以長久.

명성과 생명은 어느 것이 더 절실하고, 생명과 재물은 어느 쪽이 더 소중하고, 얻음과 잃음은 어느 것이 더 걱정일까. 그러므로 심히 애착하면 반드시 크게 소모하고, 재물은 많이 간직하면 반드시 엄청나게 잃는다. 욕망을 눌러 스스로 만족함을 알면 욕되지 않고, 분수를 지켜 자기 능력의 한계에 머무를 줄 알면 위태롭지 않아, 언제까지나 편안할 수 있다.

大成若缺, 其用不弊, 大盈若沖, 其用不窮, 大直若屈, 大巧若拙, 大辯若訥, 躁勝寒, 靜勝熱, 淸靜爲天下正.

아주 완성된 것은 도리어 훼손된 듯하나 그 활용은 다함이 없고, 가장 충만한 것은 도리어 빈 듯하나 그 활용은 역시 다함이 없다. 매우 곧은 것은 도리어 굽은 것 같고, 매우 교묘한 것은 도리어 서투른 것 같고, 뛰어난 웅변가는 도리어 더듬는 것 같다. 조(躁)하면 추위를 이기고 정(靜)하면 더위를 이긴다. 청정하여 천하의 표준이 된다.

天下有道, 走馬以糞, 天下無道, 戎馬生於郊, 禍莫大於不知足, 咎莫大於欲得, 故知足之足常足矣.

천하에 도(道)가 있으면 군령을 전하는 말(馬)을 민간에게 나누어 주어 논밭을 경작하게 하고, 천하에 도(道)가 없으면 군마가 들판에서 새끼를 낳게 된다. 재앙은 만족함을 알지 못하는 것보다 더 큰 것이 없다. 그러므로 족한 것을 아는 것에 만족하면 항상 만족하다.

古之善爲道者, 非以明民, 將以愚之, 民之難治, 以其智多, 故以智治國, 國之賊, 不以智治國, 國之福, 知此兩者亦稽式, 常知稽式, 是謂元德, 元德深矣遠矣, 與物反矣, 然後乃至大順.

옛날의 도를 잘 닦은 자는 백성들을 총명하게 하려하지 않고, 장차 이를 어리석게 하려 했다. 백성들을 다스리기 어려움은 그들에게 지혜가 많기 때문이다. 그러므로 지혜로써 나라를 다스리는 것은 나라의 적이고, 지혜로써 나라를 다스리지 않음은 나라의 복이다. 그런데 이 두 가지를 아는 것도 또한 법도니, 항상 이 법도를 아는 것, 이를 현덕이라 한다. 현덕은 깊고도 멀어서 세속과는 반대인데, 그런 후에야 대순(大順)에 이른다.

不出戶, 知天下, 不闚牖, 見天道, 其出彌遠, 其知彌少, 是以聖人不行而知, 不見而名, 不爲而成.

문밖을 나오지 않아도 천하를 알고, 들창으로 엿보지 않아도 천도를 본다. 나가는 거리가 멀수록 알게 되는 범위는 작아진다. 그러므로 무위자연의 성인은 가지 않아도 알고, 보지 않아도 환하고, 하노라 하지 않아도 이루어진다.

信言不美, 美言不信, 善者不辯, 辯者不善, 知者不博, 博者不知, 聖人不積, 旣以爲人, 己愈有, 旣以與人, 己愈多, 天之道, 利而不害, 聖人之道, 爲而不爭.

진실한 말은 아름답지 않고, 아름다운 말은 진실하지 않다. 선한 자는 달변이 아니고, 달변인 자는 선하지 않으며, 지식이 있는 자는 박학하지 않으며, 박학인 자는 지식이 없다. 성인은 축적하지 않으며, 이미 남을 위하므로 자기는 더욱 여유가 있으며, 이미 남에게 주므로 자기는 더욱 많아진다. 하늘의 도는 이롭게 할 뿐 해하지 않으며, 성인의 도는 남을 위할 뿐 싸우지 않는다.

爲學日益, 爲道日損, 損之又損, 以至於無爲, 無爲而無不爲, 取天下, 常以無事, 及其有事, 不足以取天下.

학문을 하면 지식이 날로 늘어가지만, 도를 닦으면 갖고 있는 것이 날로 줄어든다. 줄고 줄어 무위(無威)에 이르는데, 무위의 경지에 이르면 모든 것을 성취한다. 천하를 취하려면 항상 무사하게 해야 하는 것인데, 무사하지 못하고 일을 꾸미게 되면 천하를 취할 수 없는 것이다.

以正治國, 以奇用兵, 以無事取天下, 吾何以知其然哉, 以此, 天下多忌諱, 而民彌貧, 民多利器, 國家滋昏, 人多伎巧, 奇物滋起, 法令滋彰, 盜賊多有, 故聖人云, 我無爲而民自化, 我好靜而民自正, 我無事而民自富, 我無欲而民自樸.

정도로써 나라를 다스리고, 기계로써 군대를 움직이고, 무위무사로써 천하를 지배한다. 내가 그런 것을 어떻게 아느냐 하면, 무위자연의 도, 이것에 의해서 안다. 천하에는 금령이 많은데, 백성은 점점 가난해지고, 백성들에게 문명의 이기가 많아지면 나라는 점점 혼란해지고, 사람들에게 기교가 많아지면 기괴한 물건이 많이 제작되고, 법령이 점점 정비되면 도둑은 오히려 많아진다. 그러므로 성인이 말하기를, 내가 무위자연이면 백성은 자연히 교화되고, 내가 고요한 것을 좋아하면 백성은 저절로 바르게 되고, 내가 무위무사이면 백성은 자연히 넉넉해지고, 내가 무욕이면 백성은 자연히 순박하게 된다고 했다.

善爲士者不武, 善戰者不怒, 善勝敵者不與, 善用人者爲之下, 是謂不爭之德, 是謂用人之力, 是謂配天古之極.

진실로 선비인 자는 사납지 않으며, 정말로 잘 싸우는 자는 화내지 않으며, 진실로 적을 이기는 자는 맞붙지 않으며, 사람을 잘 부리는 자는 스스로를 낮춘다. 이것을 〈겨루지 않음의 덕〉이라 하며, 이것을 〈사람 씀의 힘〉이라 하며, 이것을 〈하늘과 짝함〉이라 하거니와, 예부터 내려오는 지극한 원리이다.

人之生也柔弱, 其死也堅强, 萬物草木之生也柔脆, 其死也枯槁, 故堅强者死之徒, 柔弱者生之徒, 是以兵强則不勝, 木强則兵, 强大處下, 柔弱處上.

사람이 살아 있을 때는 부드럽고 약하지만, 죽으면 단단하고 강해진다. 만물 초목이 살았을 때는 부드럽고, 죽으면 말라서 딱딱하다. 그러므로 견강(堅强)한 것은 죽음의 무리, 유약한 것은 삶의 무리이다. 이리하여 병기도 강하면 이기지 못하고, 나무도 강하면 꺾인다. 강대한 것은 아래에 있고, 유약한 것은 위에 있는 것이다.

五色令人目盲, 五音令人耳聾, 五味令人口爽, 馳騁獵令人心發狂, 難得之貨令人行妨, 是以聖人爲腹不爲目, 故去彼取此.

오색(五色)은 사람의 눈을 멀게 하고, 오음(五音)은 사람의 귀를 멀게 하고, 오미(五味)는 사람의 입을 상하게 하고, 말을 타고 달리며 사냥하는 것은 사람의 마음을 발광케 하고, 얻기 어려운 재물은 사람의 행동을 방해한다. 그러므로 성인은 배를 충실히 하도록 하고, 눈을 위해서는 아무것도 하지 않는다. 그리하여 저것을 버리고 이것을 취한다.

絶聖棄智, 民利百倍, 絶仁棄義, 民復孝慈, 絶巧棄利, 盜賊無有, 此三者 以爲文不足, 故令有所屬, 見素抱樸, 少私寡欲.

성(聖)을 끊고 지혜를 버리면 이익이 백배나 되고, 인(仁)을 끊고 의(義)를 버리면 백성이 효도와 사랑으로 돌아가고, 교(巧)를 끊고 이(利)를 버리면 도둑이 없다. 이 셋으로는 문장이 부족하다고 본다. 그러므로 속하는 곳이 있게 해야 하는데,

소(素)를 나타내고 박(樸)을 지니며, 사심과 욕심을 적게 하는 것이다.

知不知上 不知知病 夫唯病病 是以不病 聖人不病 以其病病 是以不病.

알면서도 알지 못한다고 하는 것이 최상이고, 알지 못하면서도 안다고 하는 것은 병이다. 오직 병을 병으로 생각하니, 그러므로 병이 아니다. 성인에게는 병이 없는데, 그 병을 병으로 생각하니, 그러므로 병이 없는 것이다.

上善若水, 水善利萬物而不爭, 處衆人之所惡, 故幾於道, 居善地, 心善淵, 與善仁, 言善信, 正善治, 事善能, 動善時, 夫唯不爭, 故無尤.

최상의 덕(德)은 물과 같다. 물은 만물을 이롭게 하여 다투지 않으면서, 모든 사람들이 싫어하는 곳에 있다. 그러므로 도(道)에 가깝다. 거처로는 땅을 좋다고 하고, 마음은 깊은 것을 좋다고 하고, 사귀는 데는 어진 것을 좋다고 하고, 말은 진실한 것을 좋다고 하고, 정치와 법률은 다스려짐을 좋다고 하고, 일에는 능숙한 것을 좋다고 하고, 움직임에는 때에 맞음을 좋다고 한다. 오직 싸우지 않으니, 그러므로 허물이 없다.

治人事天莫若嗇, 夫唯嗇, 是以早服, 早服, 謂之重積德, 重積德, 則無不克, 無不克, 則莫知其極, 莫知其極, 可以有國, 有國之母, 可以長久, 是謂深根固, 長生久視之道.

사람을 다스리고 하늘을 섬기는 데는 색(嗇)만 한 것이 없다. 오직 색한 것, 이것을 조복, 즉 일찍 도에 복종하는 것이라 한다. 조복하는 것, 이것을 거듭하여 덕을 쌓는 것이라고 한다. 거듭하여 덕을 쌓으면 하지 못하는 것이 없고, 하지 못하는 것이 없으면 그 극한을 알지 못하는 것이 없으며, 그 극한을 알지 못하는 것이 없으면 그것으로 나라를 보유할 수 있다. 나라를 보유하는 어머니, 즉 색은 나라를 장구하게 할 수 있으니, 이것을 뿌리가 깊고 튼튼하여 장생불사 하는 길이라고 한다.

주) 색(嗇) : ①아끼다. ②인색하다. ③곡식을 거두다.

天下皆知美之爲美 斯惡已 皆知善之爲善 斯不善已 故有無相生 難易相成 長短相較 高下相傾 音聲相和 前後相隨 是以聖人處無爲之事 行不言之敎 萬物作焉而不辭 生而不有 爲而不恃 功成而弗居 夫唯弗居 是以不去.

세상 모든 이가 아름다움을 아름다움으로 알아보는 자체가 추함이 있다는 것을 뜻한다. 착한 것을 착한 것으로 알아보는 자체가 착하지 않음이 있다는 것을 뜻한다. 그러므로 있다거나 없다고 따지는 상호관계나, 어렵고 쉬움의 관계나, 길고 짧음의 관계, 높고 낮음의 관계, 악기 소리와 목소리도 서로의 관계에서 어울리는 것이고, 앞과 뒤도 서로의 관계에서 이루어지는 것이다. 따라서 성인은 무위로써 이를 처리하고 말로 하지 않는 가르침을 수행한다. 모든 일이 생겨나도 마다하지 않고, 모든 것을 이루나 가지려 하지 않고, 할 것 다 이루나 거기에 기대려 하지 않는다. 공을 주장하지 않기에 이룬 일이 허사로 돌아가지 않는다.

不尙賢 使民不爭 不貴難得之貨 使民不爲盜 不見可欲 使民心不亂 是以聖人之治 虛其心 實其腹 弱其志 强其骨 常使民無知無欲 使夫智者不敢爲也 爲無爲則無不治.

훌륭하다는 사람 떠받들지 말라. 사람들 사이에 다투는 일이 없어질 것이다. 귀중하다는 것을 귀히 여기지 말라. 사람 사이에 훔치는 일이 없어질 것이다. 탐날 만한 것을 보이지 마라. 사람의 마음이 산란해지지 않을 것이다. 그러므로 성인이 다스리게 되면 사람들로 마음은 비우고, 배는 튼튼하게 하며, 뜻은 약하게 하고, 뼈는 튼튼하게 한다. 사람들로 지식도 없애고, 욕망도 없애고, 영리하다는 자들이 함부로 하겠다는 짓도 못하게 한다. 억지로 하는 행위가 없으면 다스려지지 않는 것이 하나도 없다.

남화진경(南華眞經)은 장주(莊周)의 저서(著書)인 『장자(莊子)』를 달리 이르는 이름이며, 도가(道家) 계열의 책으로 여러 사람의 글들을 편집한 것이다. 장자에 따르면, 우리의 삶은 유한하나 인식할 수 있는 것은 무한하며, 유한으로 무한을 추구하는 것은 어리석다. 우리의 언어, 인식 등은 자신의 관점에 치우쳐 있기 때문에, 우리가 내린 결론이 모든 것에 대해 동등하게 옳다고 단정할 수는 없다.

꿈에 나비가 되고 싶다면

– 장자의 남화진경에서

작은 것은 큰 것을 이해하지 못한다.

매미와 작은 비둘기가 그것을 보고 비웃으며 말했다.

「우리는 날아서 느릅나무나 박달나무 가지에 간신히 오르는데, 어떤 때는 그곳에도 못 오르고 땅에 떨어지는 경우도 있다. 무엇 때문에 9만리나 높이 올라 남쪽 바다로 가는가?」

가까운 교외에 가는 사람은 세 끼 밥만 먹고 갔다 와도 배는 여전히 부를 것이다. 백 리 길을 가는 사람은 전날 밤에 양식을 찧어 준비한다. 천 리 길을 가는 사람은 석 달 동안 양식을 모아 준비한다.

이 두 짐승이 무엇을 알겠는가?

짧게 사는 것은 오래 사는 것에 미치지 못한다.

작은 지혜는 큰 지혜에 미치지 못하고, 짧게 사는 것은 오래 사는 것에 미치지 못한다. 어떻게 그것을 알 수 있는가?

하루살이 버섯은 그믐과 초하루를 알지 못하고, 쓰르라미는 봄과 가을을 알지 못한다. 이것들은 짧은 기간 동안 사는 것들이다.

초나라 남쪽에 명령(冥靈)이란 나무가 있었는데, 오백 년을 봄으로 삼고 오백 년을 가을로 삼았다 한다. 태고에 대춘(大椿)이란 나무가 있었는데, 8천년을 봄으로 삼고 8천 년을 가을로 삼았다 한다. 이것들이 오래 사는 것들이다.

팽조(彭祖)는 지금까지도 오래 산 사람으로 유명하다. 보통 사람들이 그에게 자기 목숨을 비교하려 한다면 슬픈 일이 아니겠는가?

각자 삶의 분수와 방식이 있다.

요임금이 천하를 물려주려고 허유에게 말했다.

"해와 달이 나와 있는데도 횃불을 끄지 않는다면 그 빛이 무슨 의미가 있겠습니까! 때맞춰 비가 왔는데도 여전히 물을 댄다면 그 노력이 무슨 의미가 있겠습니까! 선생께서 즉위하시면 천하가 잘 다스려질 것인데도 제가 그대로 주인 노릇을 하고 있습니다. 제 스스로 부족함을 느끼고 있으니 부디 천하를 받아주십시오."

허유가 대답했다.

"당신이 천하를 다스려 천하는 이미 다스려졌습니다. 그런데도 제가 당신을 대신한다면 그것은 명분 때문에 하는 것이 됩니다. 명분이란 사실의 부수물과 같은 것입니다. 제가 부수물을 위해 천하를 맡아야 되겠습니까? 뱁새가 깊은 숲 속에 둥우리를 튼다 해도 한 개의 나뭇가지를 사용할 뿐이며, 두더지가 황하의 물을 마신다 해도 배를 채우는 데 그칩니다.

돌아가십시오, 제가 천하를 맡는다 해도 소용이 없습니다. 숙수가 비록 숙설간 일을 보지 않는다 해도 시축 술그릇과 제기를 넘어가 그의 일을 대신하지는 않는 법입니다."

주) 부수물(附隨物) : 수반(隨伴)하는 것, 방계(傍系)를 뜻한다.

물건의 쓰임이란 쓰기에 달린 것이다.

혜자가 장자에게 말했다.

"위왕이 내게 큰 박씨를 주었습니다. 그 박씨를 심었더니 자라서 다섯 섬들이 박이 열렸습니다. 그 박에 물이나 장을 넣어 보니 물러서 들 수가 없었고, 쪼개어 바가지를 만들어 보았지만 크게 넓기만 해서 쓸모가 없었습니다. 크기만 하고 쓸데가 없어 부수어 버렸습니다."

장자가 말했다.

"선생께서는 큰 것을 쓰는 방법이 서툴군요.

송나라 사람 중에 손이 트지 않는 약을 잘 만드는 사람이 있었는데 대대로 솜을 빠는 일을 했습니다. 어떤 사람이 그 얘기를 듣고서 그 처방을 백금에 사겠다고 했습니다. 그는 가족들을 모아 놓고 상의했습니다.

'우리는 대대로 솜을 빨았지만 약간의 돈을 버는 데 불과했다. 하루아침에 처방을 백금에 사겠다니 그에게 팔자.'

그 처방을 산 사람은 오나라로 가서 임금을 설득했습니다. 때마침 월나라가 침범해 와서 오나라 임금은 그를 장수로 삼았습니다. 그는 겨울철에 월나라 군사들과 물에서 싸워 크게 승리를 했습니다. 그 결과 그는 오나라에서 땅까지 봉해 받았다 합니다.

손을 트지 않게 하는 방법은 같은데 한 사람은 나라의 땅을 봉해 받고, 한 사람은 솜 빠는 일을 면하지 못한 것은 쓰는 방법이 달랐기 때문입니다. 지금 당신에게 다섯 섬들이 큰 박이 있다면 어째서 그것을 배로 삼아 강호에 띄워 둘 생각은 하지 않습니까? 그러면서도 그것이 펑퍼짐하여 쓸 곳이 없다고 탓하고 있으니, 선생의 마음이 트이지 못한 것입니다."

예를 들어 종채와 기둥, 문둥이와 서시, 진기한 것과 괴상한 것을 놓고 볼 때, 도(道)안에서는 모두가 통하여 한 가지가 된다.

분산은 다른 면에서는 완성이 된다. 완성은 다른 면에서는 파괴가 된다. 모든 물건에는 완성과 파괴가 없으며 통하여 한 가지가 된다.

오로지 통달한 사람만이 모든 것이 통하여 한 가지가 됨을 안다. 그렇기 때문에 그는 개인의 판단을 사용하지 않고 보편적인 영원한 것에 모든 것을 맡긴다.

보편적이고 영원하다는 뜻의 용(庸)은 작용이란 뜻의 용(用)과 통한다. 용(用)은 또 통(通)과 뜻이 통한다. 통(通)은 제대로 된다는 득(得)과 뜻이 통한다.

알맞게 제대로 된다면 거의 도(道)에 이른 것이다. 이미 그렇게 되었는데도 그렇게 된 것을 알지 못하는 것을 도(道)라고 하는 것이다.

주) 종채 : 매달린 종을 때려서 소리가 나게 하는 채로 뿔이나 나무로 만든다.
주) 서시(西施) : 중국 춘추 시대 월나라의 미인. 오나라에 패한 월나라 왕 구천이 서시를 부차에게 보내어 부차가 그 용모에 빠져 있는 사이에 오나라를 멸망시켰다.

조삼모사(朝三暮四)

정신과 마음을 통일하려 애쓰면서도, 모든 것이 같음을 모르는 것을 조삼이라 말한다. 무엇을 조삼이라고 하는가?

옛날에 원숭이를 기르던 사람이 원숭이들에게 도토리를 주려고 "아침에는 세 개 저녁에는 네 개(朝三暮四)를 주겠다."라고 말하니 원숭이들이 모두 화를 내었다.

“그러면 아침에 네 개 저녁에 세 개를 주겠다.”라고 말하자 원숭이들이 모두 기뻐했다.

명분이나 사실은 달라진 것이 없는데도 기뻐하고 성내는 반응을 보인 것도 역시 이 때문이다. 그래서 성인은 모든 시비를 조화시켜 균형 잡힌 자연에 몸을 쉬는데, 이것을 일컬어 양행(兩行)이라 말한다.

분별은 의미 없는 것이다.

설결이 왕예에게 물었다.

“선생님께서는 물건은 모두가 다 같다는 말의 근거를 아십니까?”

“내가 어떻게 그것을 알겠느냐?”

“그렇다면 물건에 대해 아는 것이 없다는 말씀이십니까?”

“내가 어찌 그것을 알겠느냐? 내가 말하는 안다는 것이 알지 못하는 것이 아님을 어찌 알겠느냐? 내가 말하는 알지 못한다는 것이 아는 것이 아님을 어찌 알겠느냐?

사람이 습지에서 자면 허리에 병이 나고 말라죽게 되는데 미꾸라지도 그렇더냐? 사람은 나무 위에서 두려워 벌벌 떠는데 원숭이도 그러하더냐? 이 들 중 어느 것이 바른 거처를 알고 있는 것이냐?

사람들은 소 · 양 · 개 · 돼지를 잡아먹고, 고라니와 사슴은 부드러운 풀을 먹고, 지네는 뱀을 잘 먹고, 솔개와 까마귀는 쥐를 좋아한다. 이들 중에서 어느 것이 올바른 맛을 알고 있는 것이냐?

원숭이는 편저의 암컷이 되고, 고라니는 사슴과 교미를 하며, 미꾸라지는 물고기와 어울려 논다. 모장과 여희는 사람들이 미인이라 하지만 물고기는 그들을 보면 물 속 깊이 들어가고, 새는 그들을 보면 높이 날아가고, 고라니와 사슴은 그들을 보면 뛰어 달아난다. 이들 중 누가 천하의 올바른 아름다움을 알고 있는 것이냐? 내가 보건대 어짊과 의로움의 기준이나 옳고 그른 판단의 방향이 어지러이 뒤섞여 있다. 내 어찌 그 분별을 알 수 있겠느냐?"

주) 편저 : 추한 원숭이를 말함. 미추(美醜)의 기준은 인간에게 해당하나 사물의 본질과는 관계없음을 말한다.

주) 모장 : 월나라 임금 구천이 애지중지하던 여자이다.

주) 여희 : 진나라 임금 헌공이 아끼는 애첩이다.

삶도 죽음도 모두 커다란 꿈이다.

꿈속에서 술을 마시며 즐기던 사람이 아침이 되어서 울게 되는 경우가 있다. 꿈속에서 슬피 울던 사람이 아침에 일어나 즐거운 마음으로 사냥을 나가기도 한다.

꿈을 꾸고 있을 때에는 그것이 꿈인 줄을 모른다. 또 꿈속에서 그 꿈을 풀이하기도 한다. 꿈에서 깬 뒤에야 그것이 꿈인 줄을 알게 되는 것이다. 그런데도 어리석은 자들은 스스로 깨어있다고 생각하고 아는 체를 하여 임금이니 목동이니 하지만, 어리석은 일이다.

나와 그대는 모두 꿈을 꾸고 있는 것이다. 내가 그대는 꿈을 꾸고 있는 것이라고 말하는 것도 역시 꿈인 것이다.

이러한 말을 사람들은 이상한 말이라 할 것이다. 만세 뒤에 위대한 성인을 만나서 그 뜻을 알게 된다 해도 그것은 늦은 것이 아니다.

장주가 꿈에서 나비가 되었다.

옛날에 장주가 꿈에 나비가 되었다(胡蝶之夢). 그는 나비가 되어 훨훨 날아다녔다. 자기 자신이 즐겁게 느끼면서도 자기가 장주임을 알지 못했다. 갑자기 꿈에서 깨어나니 엄연히 자신은 장주였다.

장주가 꿈에 나비가 되었던 것인지, 나비가 꿈에 장주가 되었던 것인지 알 수가 없었다.

장주와 나비 사이에는 반드시 분별이 있을 것이다. 이러한 것을 물화(物化)라 부른다.

앎을 버려야 참된 삶을 누릴 수 있다.

우리의 삶에는 한계가 있으나 앎에는 한계가 없다. 한계가

있는 삶을 가지고 한계가 없는 앎을 뒤쫓음은 위태로운 일이
다. 그런데도 앎을 추구하는 자가 있다면 위태로울 뿐이다.

선과 악의 중간 바르고 자연스러운 길을 가라.
선을 행함에 있어서는 명성을 가까이 하지 말고, 악을 행함
에 있어서는 형벌을 가까이 하지 말 것이며, 중정(中正)을 따름
으로써 법도를 삼는다면 몸을 보존할 수 있을 것이고, 어버이
를 부양할 수 있을 것이며, 자기 목숨대로 살 수 있을 것이다.

죽음과 삶에 초연해야 한다.
노담이 죽자, 진일이 가서 세 번 곡하고는 나와 버렸다.
그의 제자가 물었다.
"그 분은 선생님의 친구가 아니십니까?"
"그래, 친구였지."
"그렇다면 이렇게 문상을 해도 되겠습니까?"
"그렇다. 처음에는 나도 그를 훌륭한 사람으로 여겼었다.
그러나 지금은 그렇지 않다. 조금 전에 내가 조상을 하면서
보니 노인들은 자기 자식을 잃은 것처럼 곡을 하고, 젊은이들
은 그의 어버이를 여읜 것처럼 곡을 했다.
그들이 그의 죽음에 슬퍼하는 까닭은 반드시 조상해 달라
고 부탁하지는 않았을지라도 조상을 하도록 만들고, 곡을 해

달라고 부탁하지는 않았을지라도 곡을 하도록 만들었기 때문일 것이다. 이것은 자연을 어기고 인정을 배반한 것이며 그의 분수를 잊은 것이다.

옛날에는 그런 것을 자연을 위배하는 죄악이라 말했다. 그 사람이 이 세상에 태어난 것은 그가 태어날 때가 되었기 때문이며, 그 사람이 죽은 것도 죽을 때가 되었기 때문이다. 윤회하는 때에 안주하고, 주어진 운명에 따르면 슬픔이나 즐거움은 파고들 수가 없는 것이다. 옛날에는 이것을 하늘의 속박에서의 해방이라 불렀었다."

주) 노자 : 중국 고대의 철학자. 도가(道家)의 창시자. 성 이(李). 자 담(聃). 이름 이(耳). 노담(老聃)이라고도 한다.

주) 진일(秦失) : 秦佚이라고도 하며, 노담의 친구이다.

마음을 비워야 잘못을 없앨 수 있다.

안회가 말했다.

"저로서는 더 이상 어쩔 수가 없는 것 같습니다. 혹시 다른 방법이 있는지요?"

공자가 말했다.

"재계(齋戒)를 한다면, 말을 해 주마. 사심을 가지고 한다면 어찌 잘 되겠느냐? 만약 잘 된다고 생각하는 자가 있다면 하늘이 좋지 않게 여길 것이다."

안회가 말했다.

"저의 집은 가난해서 술을 마시지도 않고 매운 것을 먹지 않은지도 여러 달이 되었습니다. 이만 하면 재계를 한 것이라 할 수 있겠습니까?"

공자가 말했다.

"그 것은 제사 지낼 때의 재계이지 마음의 재계가 아니다."

안회가 말했다.

"마음의 재계란 무엇입니까?"

공자가 말했다.

"너의 뜻을 순일(純一)하게 하여 귀로 듣지 말고 마음으로 듣도록 해야 한다. 그 다음은 마음으로 듣지 말고 기(氣)로써 듣도록 해야 한다. 귀란 듣기만 할 뿐이며, 마음이란 느낌을 받아들일 뿐이지만, 기란 텅 빈 채로 사물에 응대하는 것이다. 도(道)란 텅 빈 곳에 모이기 마련이다. 텅 비게 하는 것이 마음의 재계이다."

"사마귀를 모르십니까? 화가 난 사마귀가 앞발을 벌리고 수레바퀴 앞에 막아서서 자기가 바퀴에 깔려 죽을 것도 모르고 물러서지 않습니다(螳螂拒轍). 자기 재질의 훌륭함만 믿고 있는 것입니다. 경계하고 조심해야 할 일입니다. 자기의 훌륭함을 내세우면서 상대방의 권위를 건드리면 위태로워집니다.

호랑이를 기르는 사람은 호랑이에게는 절대 산 것을 먹이로 주지 않는데, 호랑이가 산 먹이를 죽이는 사이에 사나움이 되살아날 것이기 때문입니다. 호랑이에게 먹이를 통째로 주지 않는데, 그것은 먹이를 찢는 사이에 사나움이 되살아날 것이기 때문입니다. 호랑이의 배고픔과 배부름을 살펴 그 사나운 마음이 수그러들게 해줍니다.

사람과 호랑이는 다른 종류의 동물이지만, 호랑이가 자기를 길러주는 사람에게는 잘 보이려하는 것은 호랑이의 성질에 따라 맞추어 주기 때문입니다. 또한 호랑이가 자기를 길러주는 사람을 죽이는 것은 호랑이의 성질을 거슬렀기 때문입니다.

말(馬)을 사랑하는 사람은 바구니에 똥을 받고, 큰 조개껍질에 오줌을 받습니다. 그러나 모기나 등에가 말에 앉아 있을 때 그것을 잡으려고 갑자기 손바닥으로 말의 등을 치면, 말은 놀라 재갈을 부수고 사람의 머리를 깨거나 가슴을 떠받습니다. 노여움이 생겨 사랑이 잊히기 때문입니다. 어찌 조심하지 않을 수 있겠습니까?"

사물에 지배당하지 않고 자연스럽게 산다.

참된 사람은 그의 마음을 잊고 있고, 그의 얼굴은 적막하며, 그의 이마는 넓다. 쓸쓸하기가 가을과 같고, 따스하기가 봄과 같다. 기쁨과 노여움의 감정은 사철의 변화와 통하고, 만물과 잘 조화되어 그 한계를 알 수가 없다. 그러므로 성인이 군사를 일으키게 되면 나라는 멸망시켜도 그 나라 사람들의 마음은 잃지 않는다. 이익과 은혜로운 혜택을 오래도록 베풀어지게 하면서도 사람들을 편애하지는 않는다.

그러므로 만물에 통달함을 즐기는 것은 성인이 아니다. 따로 친근한 사람이 있는 것은 어짊이 아니다. 때에 앞서는 것은 현명한 것이 아니고, 이로움과 해로움이 같이 통하지 않는 것은 군자가 아니다. 명성을 쫓아서 자기를 잃는 것은 선비가 아니다. 자신을 망치면서도 참되지 않은 것은 남을 부리는 사람이 아니다.

호불해(狐不偕)와 무광(務光), 백이(伯夷)와 숙제(叔齊), 기자(箕子)와 적여(胥餘), 기타(紀他)와 신도적(申徒狄) 같은 사람들은 남에게 부림을 당하고, 남을 즐겁게 하면서도, 스스로 즐기지는 못한 사람들이다.

주) 호불해(狐不偕) : 요임금이 왕위를 물려주겠다는 말을 했을 때 강에 투신한 사람이다.

주) 무광(務光) : 하(夏)의 현인(賢人). 탕왕(湯王)이 걸왕(桀王)을 친 후, 천하를 무광에게 넘기려고 하자, 이를 사양하여 물에 빠져 죽었다고 한다.

주) 기자(箕子) : 은(殷) 주왕(紂王)의 숙부. 은이 망한 후 기자 조선을 세웠다는 설(說)이 있음. 평양(平壤)에 기자묘(箕子廟)가 있으나 최근 우리 국사(國史)에서는 인정하지 않음. 미자(微子)·비간(比干)과 더불어 은의 삼인(三仁)이라 한다.

주) 신도적(申徒狄) : 은(殷)나라 말 사람으로 주왕(紂王)의 실정으로 천하가 어지러워지자 스스로 독에 들어가 연못에 빠져 죽었다고 함. 또는 하(夏)나라 사람으로 탕왕(湯王)이 천하를 차지하자 이를 치욕으로 여겨 돌을 끌어안고 강에 빠져 죽었다고도 한다.

사람은 편안히 생활할 능력을 가지고 있다.

천근이 은양 땅을 가다가 요수가에 이르러 어떤 이를 만나 물었다.

"천하를 다스리는 방법을 가르쳐 주십시오."

그 사람이 말했다.

"돌아가시오! 어째서 귀찮은 질문을 하는 것입니까? 나는 지금 조물주와 벗이 되어 있습니다. 싫증이 나면 아득히 나는 새를 타고 이 세상 밖으로 가서 아무 것도 없는 곳에 노닐며 한없이 넓은 들에서 살려던 참이었습니다. 당신은 어째서 세상을 다스리는 일로 내 마음을 흩트리려 하는 것입니까?"

그래도 다시 물으니 그 사람이 말했다.

"당신의 마음을 담담한 곳에 노닐게 하고 기운을 막막한 곳에 모으고, 만물의 자연스러움을 따라 사사로움이 없게 하십시오. 그렇게 하면 천하가 다스려질 것입니다."

주) 천근 : 가공의 인물이다.

마음 쓰기를 거울과 같이 해야 한다.

명예의 우상이 되지 마라. 모의(謀議)의 중심이 되지 마라. 일의 책임자가 되지 마라. 지혜의 소유주가 되지 마라. 무궁한 도를 철저히 터득하여 아무 조짐도 없는 경지에 노닐어라. 하늘로부터 받은 본성을 다하여 이득을 찾지 마라. 언제나 마음은 텅 비워야 한다.

지인(至人)의 마음 씀은 거울과 같은 것이다. 가는 것은 가는 대로 두고 오는 것은 오는 대로 둔다. 변화에 호응하되 감추는 것이 없다. 그러므로 사물을 견뎌내면서 상처받지 않을 수 있는 것이다.

인위가 가해지면 자연은 죽는다.

남해의 제왕을 숙이라 하고, 북해의 제왕을 홀이라 하고, 중앙의 제왕을 혼돈이라 했다.

어느 날 숙과 홀이 혼돈의 땅에서 만나게 되었다. 혼돈이 이들을 매우 잘 대접해 주자, 숙과 홀은 혼돈에게 보답할 것을 의논했다.

"사람들은 일곱 개의 구멍을 가지고 있어 그것으로 보고, 듣고, 먹고, 숨 쉬고 있는데 혼돈은 그것을 가지고 있지 않으니 그에게 구멍을 뚫어주도록 합시다."

그래서 혼돈의 몸에 하루에 한 개씩 구멍을 뚫어주었는데, 칠일 만에 혼돈이 죽고 말았다.

학의 다리가 길다고 자르지 마라.

올바른 경지에 이른 사람은 그의 본성과 운명의 진실함을 잃지 않는다. 그러므로 합쳐져 있다 해도 쓸데없이 들러붙지 않고, 갈라져 있다 해도 소용없이 덧붙어 있지 않고, 길다 해도 남는 것이 없고, 짧다 해도 부족하지 않다.

물오리의 다리는 비록 짧지만 길게 늘여주면 걱정하게 될 것이며, 학의 다리가 비록 길지만 짧게 잘라주면 슬퍼하게 될 것이다.

본성이 길면 잘라주지 않아도 되고, 본성이 짧으면 이어주지 않아도 된다. 아무것도 걱정할 것이 없다.

인의(仁義)는 사람의 진실한 모습이 아니다. 어진 사람이란 얼마나 많은 걱정을 지니고 있는가? 또한 엄지발가락과 둘째 발가락이 붙어 있는 사람은 그것을 갈라주면 아파 울 것이다. 손가락이 하나 더 달린 육손이의 덧달린 손가락을 잘라주면 또한 아파 울 것이다. 이 두 사람 중 한 사람은 숫자상 남음이 있고, 한 쪽은 부족함이 있다. 그러나 그 사람들의 걱정은 한 가지이다. 지금 세상의 어진 사람들은 눈을 멀쩡히 뜨고서 세상의 환란을 걱정한다. 어질지 않은 사람들은 타고난 본성의 진실한 모습을 버리고 부귀를 탐내고 있다. 그러니 인의는 사람의 진실한 모습이 아니다.

인의(仁義)로 본성을 잃게 만들어 세상이 어지러워졌다.

말이 자유롭게 살고 있을 때에는 풀을 뜯고 물을 마시며, 기쁘면 서로 목을 맞대 비벼대고, 화가 나면 등을 돌려 서로 걷어찬다. 말(馬)의 지혜란 이것뿐이다.

그런데 말에게 멍에를 올려놓고 굴레로써 제약을 가하게 되자, 말은 수레채를 벗고, 멍에를 떨쳐버리고, 수레의 포장을 물어 찢고, 재갈을 뱉어내고, 고삐를 물어뜯을 줄 알게 되었다. 이처럼 말(馬)의 지혜를 도적처럼 교활하게 만든 것은 백락(伯樂)의 죄이다.

혁서씨(赫胥氏) 때에는 백성들은 살면서도 무엇을 해야 할지 몰랐고, 걸어 다니면서도 갈 곳을 알지 못했다. 입에 음식을 문 채로 즐거워했고, 배를 두드리며 놀았었다. 백성들의 능력은 이 정도에 그쳤었다.

성인이 나와 예의와 음악으로 번거롭게 하여 천하의 모양을 뜯어 고쳤다. 인의(仁義)를 내걸고 세상 사람들의 마음을 위로했다. 그러자 백성들은 일에 힘쓰면서 다투어 이익을 추구하게 되었고, 이를 막을 수 없게 되었다.

이것도 역시 성인의 잘못인 것이다.

주) 백락(伯樂) : 중국 전국시대 사람으로 말(馬) 감정가이다.
주) 혁서씨(赫胥氏) : 옛날의 전설적인 제왕이다.

방비가 역으로 도둑을 돕는다.

상자를 열고 주머니를 뒤지며 궤짝을 여는 도둑에 대비하기 위해서 끈으로 꼭 묶고 자물쇠와 고리를 단단히 거는데, 이것이 일반적인 세상의 지혜이다. 그러나 큰 도둑은 궤짝을 짊어지고, 상자를 둘러메고, 주머니 째 들고 달아나면서, 오직 끈과 자물쇠와 고리가 약하지나 않을까만을 걱정한다.

그러니 세상에서 말하는 지혜로운 사람이란 바로 큰 도적을 위해 재물을 꾸려놓은 꼴이 되지 않겠는가?

성인이 없어져야 도적도 없어진다.

세상에서 말하는 지극한 지혜로서 큰 도적을 위해 재물을 쌓지 않는 것이 있던가? 이른바 지극한 성인으로서 큰 도적을 위해 지켜주지 않는 것이 있던가?

옛날에 용봉은 목이 잘리고, 비간은 가슴이 갈려지고, 장홍은 배를 찢기고, 오자서는 강물에 던져졌다. 이 네 사람은 현명했기 때문에 죽었다고 할 수 있다.

도척(盜跖)의 부하가 도척에게 물었다.

"도둑질에도 도가 있습니까?"

도적이 대답했다.

"어디를 간들 도가 없겠느냐? 남의 집에 감추어져 있는 것을 마음대로 알아내는 것은 성인이다. 남보다 먼저 들어가는 것은 용기이다. 남보다 뒤에 나오는 것은 의로움이다. 도둑질을 해도 되는가 안 되는가를 아는 것은 지혜이다. 그리고 나누어 갖는 것은 어짊이다. 이 다섯 가지를 갖추지 않고서 큰 도적이 되었던 사람은 없었다."

착한 사람도 성인의 도를 얻지 못하면 서지 못하고, 도척도 성인의 도를 얻지 못하면 행세하지 못한다. 세상에 착한 사람은 적고 착하지 않은 사람은 많으니, 성인이란 세상을 이롭게 하는 점은 적고 해롭게 하는 점이 더 많은 것이다. 그러므로 입술이 없으면 이가 시리고, 노나라 술이 묽어 조나라 수도 한단이 포위당했다고 하는 것이다.

성인이 생겨나자 도둑이 일어났다. 그러니 성인을 쳐 없애고 도둑을 가만히 내버려두면 세상은 비로소 다스려질 것이다.

냇물이 마르면 골짜기가 생겨나고, 언덕이 평평해지면 연못이 메워진다. 성인이 죽어버리면 큰 도적은 생기지 않고, 세상은 평화로워져 아무 탈도 없게 될 것이다. 성인이 죽어버리지 않으면 큰 도적은 멈추지 않는다. 비록 성인을 존중하며 세상을 다스린다 해도 그것은 바로 도적을 존중하여 이롭게 하는 것이다.

인위적인 정치로는 세상이 혼란해 진다.

요임금이 천하를 다스리게 되자 백성자고(伯成子高)를 제후로 삼았다. 그 후 요임금이 순임금에게 천자자리를 물려주고, 순임금은 우임금에게 천자 자리를 물려주자, 백성자고는 제후자리에서 물러나 농사를 지었다.

우임금이 그를 찾아가니 그는 들에서 밭을 갈고 있었다. 우임금은 아래쪽으로 서서 물었다.

"옛날 요임금께서 천하를 다스리실 때에는 선생님께서 제후로 계셨습니다. 요임금께서 순임금께 천자 자리를 물려주셨고, 순임금께서는 저에게 천자자리를 물려주자 선생님께서는 제후자리를 물러나 농사를 짓고 계십니다. 그 까닭이 무엇입니까?"

백성자고가 말했다.

"옛날 요임금께서 천하를 다스리실 때에는 상을 내리지 않아도 백성들이 일에 힘썼고, 벌을 내리지 않아도 백성들이 두려워했었습니다. 지금 당신은 상을 내리고 벌을 내리는데도 백성들은 어질지 않습니다. 덕은 이로부터 쇠하고, 형벌은 이로부터 확립되어 있습니다. 후세의 혼란은 이로부터 시작되고 있는 것입니다. 어찌해서 당신은 물러나지 않으십니까? 내 일이나 방해하지 마십시오."

그리고는 한가한 모습으로 돌아보지도 않고 밭을 갈았다.

인위적인 행동은 결과가 좋지 않다.

공자가 노자를 만나서 어짊과 의로움에 대해 물었다.

노자가 말했다.

"겨가 눈에 들어가면 곧 하늘과 땅과 사방의 위치를 혼동하게 됩니다. 모기가 살갗을 물면 밤새도록 잠을 못 잡니다. 어젊과 의로움이란 잔인한 것이어서 우리 마음을 어지럽히는데 이보다 더 혼란스럽게 하는 것이 없습니다. 선생께서는 세상 사람들이 그들의 소박함을 잃게 하지 마십시오. 선생께서 바람을 따라 자연스럽게 움직이면 모든 덕(德)이 아울러 처신하게 될 것입니다. 어찌 애쓰면서 큰북을 짊어지고 두드리고 다니면서 잃은 자식을 찾듯 지낼 필요가 있겠습니까?

백조는 매일 목욕을 하지 않아도 희고 까마귀는 매일 검은 물을 들이지 않아도 검습니다. 검고 흰 소박한 바탕은 좋고 나쁨을 따질 것이 못됩니다. 명예라는 겉모양은 자랑할 것이 못됩니다.

샘물이 마르면 그 곳에 사는 물고기들은 땅 위에 함께 모여 서로 물을 뿜어주고 침으로 적셔줍니다. 그러나 그것은 강물이나 호수 속에서 서로를 잊고 잊는 것만 못한 것입니다.”

인위적인 지혜로 세상은 혼란에 빠졌다.

옛날 사람들은 혼돈하여 어두운 가운데 온 세상 사람들과 더불어 담백하고도 적막한 생활을 했다. 그 때는 음양이 조화되어 고요했고, 귀신도 소란을 피우지 않았다. 사계절은 절도에 맞았고, 만물은 훼손됨이 없었으며, 모든 생물은 일찍 죽는 일이 없었다. 사람들은 비록 지혜를 가졌다 해도 쓸 곳이 없었다. 이것을 지극한 통일이라 말하는 것이다. 이때에는 일부러 하는 일이란 없이 언제나 자연스러웠다.

덕(德)이 쇠퇴하자 수인과 복희씨가 천하를 다스리기 시작했다. 그래서 백성들은 자연을 따르기는 했지만 통하여 하나가 되지는 않았다. 덕이 더 쇠퇴하자 신농씨와 황제가 천하를 다스리게 되었다. 그래서 안락하기는 하였지만 자연을 따르지는 않게 되었다. 덕이 더 쇠퇴하자 요임금과 순임금이 세상을 다스렸다. 정치와 교화의 나쁜 풍속을 일으켰고, 순진함이 없어지고 소박함이 사라졌으며, 선(善)을 위해 도(道)로부터 떨어서 니가게 했고, 덕(德)을 저버리고 행동하게 했다. 그렇게 된 뒤에는 사람의 본성을 버리고 자기 마음을 따르게 되었다. 마음과 마음으로 상대방을 살펴 알았으나 천하를 안정시킬 수는 없었다. 그런 뒤에 문채를 거기에 더했고, 넓은 지식을 더했다. 문채란 본질을 멸실케 하고, 넓은 지식은 마음을 빠지게 하는 것이다. 그렇게 된 뒤에는 백성들이 미혹되어 혼란을 일으키게 되어 그들의 본성과 진실로 되돌아가거나 그들의 원래상태로 복귀할 수가 없게 되었다.

진흙탕에 꼬리를 끌고 다닐지언정…

장자가 강가에서 낚시질을 하고 있을 때, 초나라 임금이 대부 두 사람을 그에게 보내 자신의 뜻을 전하게 했다.

"번거롭겠지만 나라의 정치를 부탁드리려고 합니다."

장자는 낚싯대를 드리운 채 돌아보지도 않고 말했다.

"내가 듣건대, 초나라에는 신령스런 거북이 있는데 죽은 지 이미 삼천 년이나 되었다 합니다. 임금은 그것을 비단으로 싸서 상자에 넣어 묘당 위에 그것을 보관한다 합니다. 그 거북의 입장이라면, 죽어서 뼈만 남아 존귀하게 되고 싶겠습니까, 아니면 살아서 진흙 속에 꼬리를 끌고 다니고 싶겠습니까?"

두 대부가 대답했다.

"그야 살아서 진흙 속에 꼬리를 끌고 다니려 하겠지요."

장자가 말했다.

"그러면 돌아가시오. 나는 진흙 속에 꼬리를 끌고 다니며 살려고 합니다."

죽음이란 자연의 변화에 불과하다.

장자의 아내가 죽자 혜자가 조상하러 갔다.

장자는 그 때 두 다리를 뻗고 앉아 항아리를 두드리며 노래를 부르고 있었다.

혜자가 말했다.

"그 분과 함께 살았고, 자식을 길렀으며, 함께 늙었다. 그런 부인이 죽었는데 곡은 안하고 항아리를 두드리며 노래를 부르고 있으니 너무 심하지 않은가?"

장자가 말했다.

"그렇지 않다. 그녀가 죽고서 처음에는 나라고 어찌 슬픔이 없었겠는가? 그러나 그가 태어나기 이전을 생각해 보니 본시는 삶이 없었던 것이었고, 삶만 없었을 뿐만 아니라 형체조차 없었으며, 형체만이 아니라 기운조차 없었던 것이다. 흐리멍덩한 사이에 섞여 있었으나 그 것이 변화하여 기운이 있게 되었고, 기운이 변화하여 형체가 있게 되었으며, 형체가 변화하여 삶이 있게 되었던 것이다. 지금은 그런 아내가 또 변화하여 죽어간 것이다.

이것은 봄·가을과 여름·겨울의 사철이 운행하는 것과 같은 변화였던 것이다. 그 사람은 하늘과 땅이라는 거대한 방 속에 편안히 잠들고 있는 것이다. 그런데도 내가 소리 내어 그의 죽음을 따라 곡을 한다면 천명에 통달하지 못한 짓이라 스스로 생각되었기 때문에 곡도 하지 않고 노래를 부른 것이다."

공자가 초나라로 가는 길에 숲 속을 지나다가 꼽추가 매미를 잡는 것을 보았는데, 마치 매미를 줍듯 하고 있었다.

공자가 물었다.

"당신의 재주는 참으로 교묘하군요. 무슨 도(道)가 있는 것입니까?"

꼽추가 대답했다.

"제게도 도가 있습니다. 오뉴월 사이에 매미채 위에 알을 두 개 포개어 놓고서 떨어뜨리지 않게 되면, 실패하는 일이 극히 적게 됩니다. 알을 세 개 포개어 놓고서도 떨어뜨리지 않게 되면 실패하는 일은 열에 한번 정도 있게 됩니다. 알을 다섯 개 포개어 놓고도 떨어뜨리지 않게 되면 마치 매미를 줍듯이 잡게 됩니다.

지금 나의 몸가짐은 마치 베어낸 나무 등걸 같고, 나의 팔놀림은 마치 마른 나뭇가지 같이 됩니다. 비록 하늘과 땅이 크고 만물은 많다고 하지만 오직 매미 날개만을 알게 됩니다. 나는 몸과 마음이 젖혀지지도 않고, 기울어지지도 않으며, 어떤 일에도 매미 날개에 대한 집념을 빼앗기지 않습니다. 그러니 어찌 잡히지 않겠습니까?"

공자가 그의 제자들을 돌아다보면서 말했다.

"의지가 헛갈리지 않고 통일되면 귀신에 가깝게 되는 법이라 했는데, 그것은 저 꼽추 영감을 두고 한 말 같구나."

모든 생명은 본성대로 편안히 살기를 원한다.

제사를 관장하는 관리가 예복을 차려 입고 돼지우리로 가서는 돼지에게 말했다.

"너는 어째서 죽음을 싫어하느냐? 내가 석 달 동안 몸을 깨끗이 하고, 사흘 동안 금기를 지켜, 흰 띠풀을 깔고 요리한 다음 너의 어깨와 엉덩이 고기를 장식된 제기 위에 모셔 놓으려 한다. 그러면 너도 좋지 않겠느냐?"

돼지가 말을 할 수 있다면 이렇게 말했을 것이다.

"겨나 지게미를 먹으면서 살더라도 돼지우리 속에 그냥 있는 것이 좋다."

사람이 자신을 위해서 생각할 때에는 살아서는 높은 벼슬자리에 있고, 죽어서는 상여 위 아름다운 관속에 놓이게 된다면 그렇게 하려고 할 것이다. 돼지의 입장에서 생각할 때는 그의 편안한 삶을 부정하면서도 자신의 입장에서 생각할 때는 편안한 삶을 취하고 있으니, 돼지만을 다르게 취급하는 이유는 무엇인가.

단계적으로 수양을 쌓아 완전한 덕을 지녀야 한다.

기성자가 임금을 위해서 싸움닭을 기르고 있었다. 임금이 열흘 만에 닭을 싸움시킬 수 있겠는가 묻자 그가 대답했다.

"안됩니다. 아직 쓸데없이 거만하여 기운만 믿고 있습니다."

열흘 만에 다시 물으니 그가 대답했다.

"안됩니다. 아직도 상대방에 대해 울림이나 그림자처럼 호응합니다."

열흘을 더 지나 물으니 그가 대답했다.

"안됩니다. 아직도 상대방을 노려보며 기운이 성합니다."

열흘이 더 지나 물으니 그가 대답했다.

"거의 다되었습니다. 비록 상대방 닭이 운다 해도 이미 아무런 태도의 변화가 없게 되었습니다. 그를 바라보면 마치 나무로 깎아놓은 닭과 같습니다. 그의 덕(德)은 완전해졌습니다. 다른 닭들은 감히 덤벼들지 못하고 보기만 해도 되돌아 달아날 것입니다."

주) 기성자 : 당시 최고의 투계 사육사로 유명했다.

마음과 외물이 동화되면 가장 편안하다.

공수가 손으로 도안을 하면 그림쇠나 굽은 자를 쓴 것과 같이 정확했다. 그의 손가락이 물건에 동화되어 있어서 마음으로는 생각하지도 않았다. 그러므로 그의 정신은 하나로 되어 아무런 거리낌도 받지 않는 것이다. 발을 잊는 것은 신이 알맞기 때문이다. 허리를 잊는 것은 허리띠가 알맞기 때문이다. 옳고 그른 것을 잊는 것은 편안하고 알맞기 때문이다. 안으로 마음이 변하지 않고, 밖으로 물건에 이끌리지 않는 것은 사리와 경우에 편안하고 알맞기 때문이다. 알맞음에서 시작하여 알맞지 않은 일이 없게 되면, 알맞음이 알맞은 것조차도 잊게 되는 것이다.

자신을 잊고 외물을 추구하는 것은 재난의 원인이다.

장자가 숲 속을 거닐다가 이상한 까치를 보았다. 엄청나게 큰 날개와 눈을 가진 까치는 장자의 이마를 스치고 밤나무 숲으로 날아가 앉았다.

장자가 말했다.

"무슨 새가 날개는 크면서도 멀리 날지 못하고, 눈이 크면서도 잘 보지 못하는구나."

장자는 바지를 걷어 올리고 빠른 걸음으로 숲 속으로 들어가 활을 들고 그 새를 겨누었다.

이 때 매미 한 마리가 나무그늘에 앉아 자신의 몸조차도 잊고 울고 있었다. 그 매미를 잡으려고 사마귀 한 마리가 나뭇잎에 몸을 숨기고 매미를 노려보고 있었는데, 사마귀 또한 매미를 잡으려는 생각에 빠진 나머지 아까 그 까치가 자신을 잡으려고 노리고 있다는 것을 모를 만큼 자신을 잊고 있었다. 까치 또한 사마귀를 잡으려는 욕심에 자신을 잊고 있었다.

장자는 두려워 탄식하듯 말했다.

"아아! 물건이란 본시 서로 해를 끼치며, 이로움과 해로움은 같이 있는 것이구나."

그리고는 활을 버리고 뒤돌아 도망을 치니 숲을 관리하는 사람이 뒤쫓아 와 이유를 캐물었다.

장자는 되돌아와 사흘 동안 우울했다.

제자가 그 이유를 물으니 장자가 말했다.

"나는 외형에 마음이 사로잡혀 내 몸을 잊고 있었다. 흐린 물을 보고 있어서 맑은 연못을 이해하지 못했던 것이다. 또한 내가 선생님께 들은 바에 의하면 그 숲속으로 들어가서는 그 금령에 따라야 한다고 하셨다. 나는 숲 근처에 놀러 나갔다가 나의 몸을 잊었던 것이다. 이상한 까치는 내 이마를 스치고 숲 속으로 날아가 그의 몸을 잊었다. 그리고 밤나무 숲 관리인은 나를 도둑으로 알고 욕보였으니… 그래서 나는 기분이 좋지 않다."

지극한 도리는 구별을 초월한다.

시장에서 남의 발을 밟으면 잘못을 사과하지만, 친형의 발을 밟았다면 '이크' 하는 정도의 소리를 내고, 아주 친한 사람인 경우에는 아무런 표시도 하지 않는다.

그러므로 '지극한 예는 자기와 남의 구별을 인정하지 않고, 지극한 의로움은 자신과 물건을 구분하지 않고, 지극한 슬기는 꾀하는 일이 없고, 지극한 어짊은 각별히 친한 이가 없고, 지극한 신의는 금전이 개입되지 않는다' 라고 하는 것이다.

재주만 믿고 잘난 체 하다가는 해를 당한다.

오나라 임금이 강물에 배를 띄워놓고 원숭이들이 많이 사는 산으로 올라갔다. 여러 원숭이들이 그를 보자 놀라 모든 것을 버리고 울창한 숲 속으로 달아났다. 그런데 한 마리의 원숭이만이 유유히 거닐며 뱀을 집어던지기도 하면서 잔재주를 부렸다. 임금이 그 놈을 활로 쏘니 재빨리 날아오는 화살을 잡아버렸다. 따라온 사람들에게 명하여 계속하여 활을 쏘게 하니 마침내 원숭이는 화살에 맞아 죽고 말았다.

임금이 그의 친구 안불의를 돌아보며 말했다.

"이 원숭이는 자기 기교를 자랑하고, 자신의 날램을 믿고서 내게 오만하게 굴다가 이처럼 죽음을 당하는 지경에 이르렀네, 이것을 경계해야 할 것이네. 자네들도 잘난 얼굴을 하고서 남에게 교만하게 굴어서는 안 되네."

안불의는 돌아와서 동오를 스승으로 모시고 잘난 체 하는 그의 얼굴빛을 고쳤다. 그리고 자기가 즐기는 일들을 버리고, 높은 지위에서 물러났다. 그렇게 삼 년이 지나자 나라 안의 사람들이 그를 칭송하게 되었다.

임공자가 큰 낚시와 굵고 검은 줄을 준비한 다음 오십 마리의 황소를 미끼로 회계산에 걸터앉아 낚싯대를 동해에 던졌다. 매일같이 낚시질을 계속했으나 일 년이 넘도록 고기를 잡지 못했다. 그러나 결국은 큰 고기가 낚시를 물더니 낚싯대를 끌고 물속으로 들어갔다가 뛰어오르면서 등지느러미를 떨치니, 산더미 같은 흰 물결이 솟아오르면서 바닷물이 진동했다. 그 소리는 귀신들의 울음소리와 같아서 천리나 떨어진 곳의 사람들까지도 두려움에 떨게 했다. 임공자는 이 물고기를 잡아서 썰어 건포로 만들었다. 절강 동쪽으로부터 창오 북쪽에 이르는 사람들이 모두 그 고기를 실컷 먹었다. 후에 세상에서 재주를 겨루며 얘기하기를 좋아하는 사람들이 모두 놀라며 이 얘기를 전했다.

작은 낚싯대와 가는 줄로 도랑에 가서 송사리나 붕어를 노리는 낚시를 하면서 큰 고기를 잡는다는 것은 어려운 일이다. 그처럼 쓸데없는 작은 이론들을 꾸며내 가지고서는 높은 명성을 추구해 보았자, 크게 출세하는 것과는 거리가 멀 것이다. 그러므로 임공자의 얘기를 들어보지 못한 사람으로서는 세상에서 제대로 행세할 수 없을 것은 분명한 일이다.

주) 회계산 : 중국(中國) 절강성(浙江省) 소흥(紹興) 남동쪽에 있는 명산. 오왕 부차(夫差)가
월왕 구천(勾踐)을 포위(包圍)한 곳이다.

백성을 위해 백성을 해치지 마라.

대왕단부가 빈에 살고 있을 때, 적인들이 쳐들어 왔다. 대왕단부는 전쟁을 피하려고, 그들에게 가죽과 비단을 주며 달랬으나 듣지 않았다. 개와 말을 주며 달래어도 듣지 않았고, 진주와 구슬을 주며 달래어도 듣지 않았다. 적인들이 원하는

것은 땅이었다. 대왕단부가 말했다.

"남의 형과 함께 살면서 그 아우를 죽이거나, 남의 아버지와 함께 살면서 그 자식을 죽이는 일은 차마 못하겠다. 그대들은 모두가 힘써 여기에서 잘 살아라. 내 신하가 되는 것과 적인들의 신하가 되는 것이 무엇이 다르겠느냐? 내가 듣건대 백성들을 보양하는데 쓰이는 물건을 위해 보양할 백성들을 해치지 않는 법이라 했다."

그리고는 지팡이를 짚고서 그 곳을 떠났다. 백성들은 줄을 지어 그를 따라가서 마침내 기산아래 이르러 새로운 나라를 세웠다. 대왕단부 같은 이는 삶을 존중할 줄 안다고 말 할 수 있다. 삶을 존중할 줄 아는 사람은 비록 존귀하고 부유하다 해도 몸을 보양하는 수단을 위해 자신을 손상시키지 않는다. 비록 가난하고 천하다 해도 이익을 위해 육체에 해를 끼치지 않는다.

요즘 사람들은 높은 벼슬과 존귀한 지위에 있는 사람이라도 모두가 생활 수단을 잃는 것을 중요하게 생각한다. 그래서 이익을 보기만 하면 쉽게 그 자신을 파멸시키고 있으니 어찌 미혹된 것이 아니겠는가?

주) 기산 : 중국(中國) 하남성(河南省) 등봉현 남동쪽에 있는 산. 요 때에 은자(隱者)인 소부(巢父)와 허유(許由)가 이곳에 숨어 살았다.

남의 말에 따른 판단은 옳지 못하다.

열자가 궁핍하여 용모에 굶주린 빛이 확연했다. 한 손님이 그런 사실을 정나라 자양에게 말했다.

"열자는 도(道)를 터득한 사람입니다. 임금님의 나라에 살면서 곤궁하다면 임금님께서 선비를 좋아하지 않는 것이 되지 않습니까?"

정나라 자양은 곧 관리들에게 지시하여 열자에게 양식을 보내주도록 했다. 열자는 사자들을 보자 두 번 절하고 사양했다. 사자들이 떠난 뒤 열자가 들어오자, 그의 아내가 열자를 보고 가슴을 치며 말했다.

"제가 듣기에 도(道)를 터득한 사람의 처자들은 누구나 안락함을 누린다 했습니다. 지금 굶주린 빛이 짙어, 그 분이 사람을 시켜 먹을 것을 보내어 주었는데도 당신은 받지 않았습니다. 어찌 천명이 아니겠습니까?"

열자가 웃으면서 그의 아내에게 말했다.

"그 분은 스스로 나를 알아 본 것이 아니고, 남의 말만 듣고 내게 양식을 보낸 것이오. 그러니 죄를 주는 것 또한 남의 말만 듣고 할 것이오. 그래서 받지 않은 것이오."

그 후 결국 백성들이 난리를 일으켜 자양을 죽여 버렸다.

주) 열자 : 중국 전국 시대의 사상가. 이름은 어구(禦寇). 중국 도가의 기본 사상을 확립한 3명의 철학가 가운데 한 사람이며, 도가 경전인 《열자》의 저자로 전하여진다.

알기는 쉽지만 말하지 않기는 어렵다.

장자가 말했다.

"도(道)를 알기는 쉽지만, 그것을 말하지 않기는 어렵다. 알면서도 말하지 않는 것이 자연으로 나가는 방법이다. 알고 있는 것을 말하는 것이 인위(人爲)로 나가는 근거가 된다. 옛날 사람들은 자연스러웠지 인위적이지는 않았었다."

고집하면 적개심이 생기고 그로 인해 멸망한다.

성인은 꼭 그런 것도 꼭 그렇다고 고집하지 않는다. 그러므로 마음에 투기가 없다.

보통 사람들은 꼭 그렇지 않은 것도 꼭 그렇다고 고집한다. 그래서 마음에 살기(殺氣)가 많은 것이다.

마음의 살기를 따르기 때문에 그들의 행동에는 추구하는 것이 있게 된다. 이런 살기에 의지하여 행동하면 멸망하게 되는 것이다.

형식만을 꾸미는 자에게는 정치를 맡길 수 없다.

노나라 애공이 안합에게 물었다.

"공자를 대신으로 삼고자 하는데 그러면 나라가 다스려지겠습니까?"

안합이 말했다.

"위태롭고 위험한 일입니다. 공자는 지금 새의 깃으로 장식을 하고도 채색을 더하는 짓을 하고 있고, 화려한 말을 늘어놓는 일을 하고 있으며, 지엽적인 것들로 주지를 삼고 있습니다. 사람의 본성을 삐뚤게 해서 백성들에게 가르치면서도 백성들의 마음에 진실로 받아들여지지 않고, 그들의 정신을 움직이지 못하고 있음을 알지 못하고 있습니다. 그러니 어찌 백성들의 위에 설 수가 있겠습니까?

백성들이란 서로가 어울려 즐겁게 지낼 수 있도록 해주면 그 뿐입니다. 지금 백성들에게 사실을 떠나 거짓됨을 배우게 한다면, 백성들을 가르치는 방법이 못되는 것입니다. 후세를 위해 생각하신다면 그만 두는 것이 좋을 것 같습니다. 그를 써서 나라를 다스리기는 어렵습니다."

주) 안합(顔闔) : 원래 태자 괴외(蒯聵)의 스승이었다.

공자의 사람 보는 법 아홉 가지

공자가 말했다.

"사람들의 마음이란 산천보다도 험난해서 자연에 대해 알기보다 어렵다. 자연에는 봄, 가을과 겨울, 여름 및 아침, 저녁의 일정한 시간의 변화가 있다. 그러나 사람은 두터운 외모 속에 감정을 깊이 감추고 있다. 외모는 성실한 듯 보이면서도 마음은 교만한 자가 있고, 외모는 잘난 것처럼 보이면서도 사실은 못난 자가 있고, 외모는 신중한 듯하면서도 마음은 경박한 자가 있고, 외모는 견실한 듯하면서도 속은 유약한 자가 있고, 외모는 느릴 듯하면서도 마음은 급한 자가 있다. 그러므로 목마른 듯이 의로움으로 나가는 사람은 뜨거운 것을 피하듯 의로움을 떠나기도 하는 것이다.

그러므로 군자는 멀리 놓고 부리면서 충성됨을 살피고, 가까이 놓고 부리면서 공경함을 살피는 것이다. 그에게 번거로운 일을 시켜 능력을 살피고, 갑자기 질문함으로써 지혜를 살피는 것이다. 급작스럽게 약속을 함으로써 신용을 살피고, 재물을 맡겨봄으로써 어짊을 살피는 것이다. 위태로움을 얘기해줌으로써 절의를 살피고, 술로 취하게 함으로써 그의 법도를 살피는 것이다. 남녀가 섞여 지내게 함으로써 호색함의 정도를 살피는 것이다. 이 아홉 가지 시험을 다 마치면 못난 자를 가려낼 수 있는 것이다."

장자가 죽으려 하자, 제자들이 장사를 성대히 지내려고 했다. 그러자 장자가 말했다.

"나는 하늘과 땅을 관과 관 뚜껑으로 삼고, 해와 달을 한 쌍의 구슬 장식으로 삼고, 별자리들을 진주와 옥 장식으로 삼고, 만물을 부장품으로 삼으려 하니, 나의 장례 용품은 다 갖추어진 것이 아니냐? 여기에 더 무엇을 보태려 하느냐?"

제자들이 말했다.

"저희들은 까마귀나 솔개가 선생님을 뜯어먹을까 두렵습니다."

장자가 말했다.

"위쪽에 놓아두면 까마귀와 솔개가 먹을 것이고, 아래쪽에 묻으면 개미들이 먹을 것이다. 이것들이 먹는다고 그것을 빼앗아 저것들에게 주는 것이다. 어째서 그리 편벽되게 생각을 하느냐?"

작은 것과 큰 것의 차이

탕임금이 극에게 물었다.

"상하사방에 그 끝이 있는가?"

극이 말하였다.

"끝이 없습니다. 궁발의 북쪽에 명해라는 바다가 있는데, 그것이 천지입니다. 그곳에 물고기가 있는데 그 넓이는 수천 리에 달하고, 그 길이는 아는 사람이 없습니다, 그 이름을 곤이라 합니다. 그곳에 새도 있는데 그 새의 이름은 붕이라 합니다. 그 등은 태산 같고, 날개는 하늘을 덮은 구름과 같습니다. 빙빙 회오리바람을 타고 구만리를 올라, 구름도 없는 높은 곳에서 푸른 하늘을 등진 다음에야 남으로 가는데 남쪽의 바다로 가려는 것입니다.”

작은 메추리가 그것을 보고 비웃으며 말했습니다.

“저 것은 어디로 가려는 것인가? 나는 힘껏 날아올라도 몇 길도 오르지 못하여 내려오고, 쑥대 사이를 오락가락 하지만 이것도 역시 날아다니는 것이다. 그런데 저 것은 어디로 가려는 것인가?”

이것이 작은 것과 큰 것의 차이다.

자기도 대상도 없이 자연의 원리를 따른다.

포정이라는 백정이 문혜왕을 위해 소를 잡았다(疱丁解牛). 그의 손이 닿는 곳이나, 어깨를 대는 곳이나, 발로 밟는 곳이나, 무릎으로 누르는 곳에서는 뼈와 살이 떨어졌다. 칼이 지날 때마다 소리가 나는데 모두가 음률에 맞았다. 그의 동작은 상림의 춤과 같았고, 절도는 경수의 장단과 같았다.

문혜왕이 말했다.

“훌륭하다. 재주가 어떻게 이런 경지까지 이를 수 있는가?”

포정이 칼을 놓고 대답했다.

“제가 좋아하는 것은 도로서 재주보다 앞서는 것입니다. 처음 제가 소를 잡았을 때는 소만 보였습니다. 그러나 삼 년 뒤에는 완전한 소는 보이지 않았습니다. 지금은 정신으로 소를 대하지 눈으로 보지는 않습니다. 감각은 멈추고 정신을 따라 움직이는 것입니다. 천연의 조리를 따라 큰 틈을 쪼개고 큰 구멍을 따라 칼을 찌릅니다. 소의 본래의 구조에 따라 칼을 씀으로 힘줄이나 질긴 근육에 닿는 일이 없습니다. 그러니 어찌 큰 뼈에 부딪히겠습니까?

훌륭한 백정은 일 년마다 칼을 바꾸는데 그 이유는 살을 자르기 때문입니다. 보통 백정은 달마다 칼을 바꾸는데 뼈를 자르기 때문입니다. 지금 제 칼은 십구 년이 되었고, 그 사이 잡은 소는 수천 마리가 됩니다. 그러나 칼날은 숫돌에 새로 간 것 같습니다. 소의 뼈마디에는 틈이 있는데 칼날에는 두께가 없습니다. 두께가 없는 것을 틈이 있는 곳에 넣기 때문에 칼을 움직이는데 언제나 여유가 있습니다. 그래서 십구 년이 지나도 칼날은 새로 간 것과 같은 것입니다.

그렇지만 뼈와 살이 엉긴 곳을 만날 때면 저도 어려움이 있습니다. 조심조심 경계를 하면서 눈은 그곳을 주목하고 동작을 늦추며 칼을 매우 미세하게 움직이게 됩니다. 그러면 살과 뼈가 떨어져 흙이 땅 위에 쌓이듯 쌓입니다. 그러면 칼을 들고 서서 사방을 둘러보며 뿌듯한 기분에 젖습니다. 그리고는 칼을 잘 닦아 잘 간수해 둡니다."

문혜왕이 말했다.

"훌륭하다! 나는 너의 말을 듣고서 삶을 기르는 방법을 터득하게 되었다."

고요하려면 마음을 평온히 지녀야 한다.

형벌을 받아 다리를 잘린 사람이 법도에 구애받지 않는 것은 밖의 명예 같은 것은 신경 쓰지 않기 때문이다. 죄수들이 높은 곳에 올라가도 두려워하지 않는 것은 죽음과 삶을 초월했기 때문이다.

반복하여 공부함으로써 마음속에 부끄러운 것이 없게 되면 사람에 대해 잊게 된다. 사람에 대해서 잊게 되면 자연과 합치되는 천인(天人)이 되는 것이다. 그러므로 그를 공경해도 기뻐하지 않고, 그를 모욕해도 성내지 않는 것은 오직 하늘의 조화와 합치된 사람만이 그렇게 할 수 있는 것이다.

성낼 경우를 당해도 성내지 않으면 성내지 않음으로 귀결되고 만다. 행동함에 무위하면 행동은 무위로 귀결되고 만다.

고요하고 싶으면 마음을 평온히 지녀야 한다. 신명스러워지려면 마음이 자연에 순응해야 한다. 그의 행동이 합당하게 되고 싶으면 자연에 따라 부득이 하게 행동해야 한다. 자연에 따라 부득이하게 행동하는 것이 성인의 도이다.

자기 본성을 함부로 다루지 말아야 한다 .

장오의 경계를 지키는 사람이 자뢰에게 말했다.

"임금이 정치를 할 때는 거칠게 함부로 해서는 안 되며,

백성을 다스림에는 소홀히 아무렇게나 해서는 안 됩니다. 전에 내가 벼를 심어보니, 밭갈이를 대충 함부로 하니 벼이삭도 대충 내게 보답하고, 김매는 것을 대충하니, 벼이삭도 소홀히 아무렇게나 내게 보답을 했습니다. 다음 해에는 생각을 바꾸어 밭을 깊게 갈고 써레질을 잘했더니, 벼가 잘 자라 많은 이삭을 맺어, 일 년 내내 실컷 먹을 수가 있었습니다.”

장자가 이 얘기를 듣고 말했다.

“요즘 사람들이 몸을 다스리고 건사함에 있어서는 대부분이 경계를 지키는 사람이 말한 것과 비슷한 방법을 쓰고 있다. 사람들은 자연으로부터 도망을 치고, 그의 본성을 떠나 타고난 성정을 없애고, 그의 신명을 잃고서 여러 가지 세상일에 종사한다.

그러므로 그의 본성을 거칠게 함부로 다루는 사람은 욕망과 증오의 움이 터서 그의 성격을 이룬다. 갈대 같은 잡초들이 자라나 처음 싹이 틀 때에는 나의 몸에 도움을 줄듯이 보이지만 곧 나의 본성을 뽑아버려, 위쪽은 무너지고 아래쪽은 새면서 장소를 가리지 않고 모든 곳에 퍼져나간다. 그래서 종기와 부스럼이 생기고, 열병에 걸리고, 당뇨병이 생겨나게 되는 것이다.”

사람을 해치는 일에 덕(德)에 대해 유위(有爲)한 것보다 더 큰 것이 없다. 그 마음이 눈썹처럼 움직이기 때문이다. 마음이 눈썹처럼 움직이게 되면 모든 일을 자기 마음대로 보고 판단한다. 자기 마음대로 보고 판단을 하면 실패하게 된다.

좋지 않은 덕(德)에는 다섯 가지가 있는데, 중덕(中德)이 그 중에서도 첫째가는 것이다. 무엇을 중덕이라 하는가? 중덕이란 것은 자기 마음으로만 판단을 하여 좋아하고, 자기가 좋아하지 않는 깃은 욕하는 것이다.

궁하여 지는 데는 여덟 가지 법칙이 있고, 뜻이 통하게 되는 데는 꼭 필요한 세 가지 조건이 있으며, 육체에 화를 부르는 데에는 여섯 가지 조건이 있다.

아름답고, 멋진 수염이 났고, 키가 크고, 몸집이 크고, 힘이 세고, 멋이 있고, 용기가 있고, 과감한 이 여덟 가지가 모두 남보다 뛰어나면, 이것 때문에 궁해지는 것이다.

밖의 물건에 순응하고, 남을 따라 행동하고, 곤경에 빠져 남만 못한 듯 두려워하는 것, 이 세 가지 것은 모두 사람을 통달하게 하는 것이다.

지혜는 밖의 물건에만 통용되는 것이며, 용기 있게 행동하는 것은 많은 원망을 사게 되며, 어짊과 의로움을 내세우는 것은 많은 책망을 듣게 된다.

삶의 실상에 통달해 있는 사람은 위대하다. 지식에 통달해 있는 사람은 작아 보인다. 위대한 천명에 통달해 있는 사람은 자연을 따라 자유롭다. 자기의 작은 운명에만 통달해 있는 사람은 운명에 기대를 건다.

※남화진경은 인터넷 사이트 옛글(www.yetgle.com)에서 발췌하였습니다.

사람을 잘 사귀려면

● 데일 카네기의 명언중에서

인간 경영과 자기계발 분야 최고의 컨설턴트인 데일 카네기의 저서에는 '인간 관계가 좌우하는 인생의 성공과 행복, 그리고 그 본질에 대한 날카로운 통찰'이 담겨 있다. 원제가 '친구를 만들고 사람들을 설득하는 법(How to Win Friends and Influence People)' 이기 때문에 친구를 만드는 법과 다른 사람들을 설득하는 방법을 위주로 이야기를 풀어나간다. 카네기가 제시하는 처세 철학이 지닌 최고의 장점은 바로 단순, 명료함이다.

사람을 잘 사귀려면
— 데일 카네기의 명언중에서

친구에게 원한을 품지 말라

대단한 것이 아니라면 정정당당하게 자기가 먼저 사과하라. 미소를 띠고 악수를 청하면서 일체를 흘려버리고자 하는 사람이 큰 인물이다.

사람을 움직이는 3가지 대원칙

1) 잘못을 저지른 사람에게도 그 나름대로 까닭이 있다는 것을 인정하라.
2) 상대방이 원하는 바를 알아내고 그것을 실행할 수 있도록 도와줘라.
3) 상대방의 입장에서 생각하라. 역지사지(易地思之)의 철학을 생각해 보라.

자신을 돌아보는 평가들

1) 자신이 하는 일을 재미없어 하는 사람치고 성공하는 사람 못 봤다.

2) 나는 어떤 사람이고 어떤 종교적 신념을 가지고 있는가?

3) 나는 인생의 명확한 목적을 가지고 있는가, 즉 앞으로 2, 3년 내지 10년 안에 달성시킬 목표를 명백히 말 할 수 있는가?

4) 나는 도덕적으로 결백한가?

5) 자신의 목적을 이루기 위해서 항상 노력하고 있는가?

6) 장래를 위한 지식을 쌓기 위하여 연구를 게을리 하지 않는가?

7) 육체적인 약점이 있는가?

8) 신장에 비하여 체중이 보통인가?

9) 음식섭취는 잘 하고 있는가?

10) 매일 밤 충분히 수면을 취하는가?

11) 몸과 마음에 나쁜 영향을 줄 좋지 못한 습관은 없는가?

12) 쉽사리 실망하거나 낙담하지 않는가?

13) 생활상의 어려움으로 인해 극단적으로 낙관하거나 비관하지 않는가?

14) 실망이나 낙담했을 때에도 일을 평상시와 같이 계속 할 수 있는가?

15) 맡은 일에 정력을 다 기울이고 있는가?

16) 어제 그르친 일 때문에 오늘 일에 방해 받지는 않는가?

17) 동료나 상사에게 정직한가?

18) 생각이 깊고 신중하며 지기가 있고 친절한가?

19) 수입의 몇 %를 저축하고 있는가?

20) 의견이 다른데도 불구하고 타인 의견만을 좇은 일이 있었는가?

21) 일에 빈틈이 없고, 또한 일하는 태도가 훌륭하다고 생각하는가?

22) 교양과 지위 향상을 위해 수입의 몇 %를 쓰고 있는가?

23) 수입의 몇 %를 저축하고 있는가?

24) 기술과 집중력, 결단성, 인내력, 깊은 생각, 믿음성 중에서 자신의 지위에 가장 필요한 것은 무엇인가?

25) 현재의 일은 자신의 일생에 어떤 의의가 있는가?

26) 현재의 일은 자신의 일생을 걸 만큼 희망이 있는가?

27) 희망이 없다면 일생을 걸 만한 적합한 일이 있는가?

■사람을 싫어하는 것을 고치는 간단한 방법이 있다. 그것은 타인의 장점을 발견하는 것이다.

■도중에 포기하지 말라. 망설이지 말라. 최후의 성공을 거

둘 때까지 밀고 나가자.

걱정에 대하여 반드시 알아야 할 기초적인 사실들

1. 걱정에서 벗어나려면 '오늘 속에서 생활하라' 는 윌리엄 오슬러 경의 교훈을 명심하라. 미래를 앞당겨 근심하지 말라. 단지 잠자리에 들 때까지 주어진 하루만을 충실하게 살아라.
2. 곤경에 빠졌을 때, 윌리스 H. 캐리어의 마법의 공식을 적용해 보라.
   1) 내가 이 문제를 해결하지 못했을 때 발생 가능한 최악의 상황은 무엇인가를 스스로에게 물어보라.
   2) 필요하다면 최악의 상황을 받아들일 준비를 한다.
   3) 이미 마음속으로 받아들인 최악의 상황에서부터 시작하여 개선의 여지를 모색한다.

걱정을 분석하는 기본적인 방법

1. 사실을 수집한다. 컬럼비아 대학의 호크스 학장은 "지구상의 근심들 중 절반가량은, 제대로 판단할 수 있는 근거를 확보하지 못한 채 결정을 내리려고 하기 때문에 발생한다."라고 말했다는 사실을 기억하라.
2. 수집된 사실들을 신중하게 검토한 후 결론을 내린다.

3. 일단 결론을 내리면 곧바로 실천으로 옮긴다. 그리고 결단을 실행하는 데만 전념하고 결과에 대한 불안은 모두 잊어버려라.

4. 어떤 문제로 인해 걱정에 빠지게 될 때는 다음과 같은 4가지 질문을 정리해 보라.

  1) 문제가 무엇인가?

  2) 문제의 원인은 무엇인가?

  3) 가능한 해결책은 어떤 것들인가?

  4) 최상의 해결책은 무엇인가?

걱정이 습관화되기 전에 벗어나는 방법

1. 바쁘게 일함으로써 마음속의 고민을 몰아내라. 활발한 생활이야말로 '늘 걱정만 하는 병'을 치료하는 가장 좋은 방법이다.

2. 사소한 일에 야단법석을 떨지 말라. 인생의 작은 부분에 불과한 하찮은 일이 행복을 갉아먹지 않도록 하라.

3. 고민을 몰아내기 위해 평균율의 법칙을 활용하라. '이런 일이 발생할 가능성이 대체 몇 퍼센트나 되는가?' 라고 스스로에게 물어보라.

4. 불가피한 일에는 순응하라. 어떻게 해도 상황을 변경시키거나 개선시킬 수 없다는 것을 알게 되면, '그것은 애초

부터 그런 것이니 어찌할 수 없다’고 스스로에게 말하라.

5. 고민거리에 ‘손해중지’ 명령을 내려라. 타당하다고 생각하는 고민의 정도를 정하고 그 이상의 고민은 하지 마라.

6. 과거는 그대로 흘러가게 하라. 톱밥에 대고 톱질을 하지 마라.

1. 피로해지기 전에 휴식을 취하라.

2. 일을 하면서 긴장을 푸는 방법을 터득하라.

3. 집에서 긴장을 푸는 방법을 터득하라.

4. 다음과 같은 4가지 바람직한 업무 습관을 응용하라.

　1) 지금 당장 처리해야 할 것을 제외한 모든 잡동사니를 책상 위에서 깨끗이 치워 버린다.

　2) 중요성에 따라 일의 순서를 정하라.

　3) 문제는 그 즉시 해결하라. 또 결정을 위한 근거들이 확보된 경우에는 결코 결단을 뒤로 미루지 말라.

　4) 조직화하고, 명령하고 감독하는 방법을 습득하라.

5. 걱정과 피로를 예방하기 위해 자신의 일에 열정을 쏟아 부어라.

6. 불면증으로 죽는 사람은 아무도 없다는 사실을 명심하

라. 건강에 해로운 것은 불면증 자체가 아니라 불면증에 대한 걱정이다.

비난이나 비평, 불평을 하지 말라.

비판이란 쓸데없는 짓이다. 비판은 인간을 방어적 입장에 서게 하고 자신을 정당화하도록 안간힘을 쓰게 만든다. 비판은 한 인간의 소중한 자존심에 상처를 입히고 그의 자중심에 손상을 주고 원한을 불러일으킨다. 비판이 불러일으키는 원한은 직원들과 가족, 친구들의 사기를 저하시키고 비판한 상황을 개선시킬 수 없다. 사람을 논리의 동물이라고 생각하면 안 된다. 사람은 감정의 동물이고 편견에 가득 차 있으며 자존심과 허영심에 의해 행동한다.

솔직하고 진지하게 칭찬하라.

듀이 박사는 인간의 내부에 존재하는 가장 강렬한 갈망은 '중요한 사람이 되려는 욕망' 이라고 말했다. 일상생활에서 가장 무시되기 쉬운 미덕 중 하나가 칭찬이다. 우리는 자녀를 칭찬하기에 인색하다. 아이들에게 부모의 관심과 칭찬보다 더 기쁜 것은 없다.

이 세상에서 누군가에게 어떤 일을 하게 하기 위해서는 단 한 가지 방법, 그것은 스스로 그 일을 원하도록 하는 것이다.

- 칭찬 : 진지하다. 마음속으로부터 나오는 것이다. 이기적이지 않다. 환영 받는다.
- 아첨 : 무성의한 것이다. 이 사이에서 새어나오는 것이다. 이기적이다. 비난을 받게 된다.

다른 사람들의 열렬한 욕구를 불러일으켜라.

세상사람 모두는 자기가 원하는 것에만 관심을 갖고 있다. 따라서 다른 사람을 움직일 수 있는 유일한 방법은 그들이 원하는 것에 대해 이야기하는 것이다. 어떤 일을 하도록 누군가를 설득해야하는 상황이라면 자기 자신에게 물어라. '어떻게 하면 이 사람에게 이 일을 하도록 만들 수 있을까?'

물고기를 낚을 때는 물고기가 좋아하는 것을 준다. 사람을 움직일 수 있는 유일한 방법은 그들이 원하는 것에 관해 이야기하고, 그것을 어떻게 하면 얻을 수 있는지 보여 주는 것이다.

다른 사람들에게 순수한 관심을 기울여라.

개는 생존을 위해 일하지 않지만 오직 우리에게 사랑을 바쳐 헌신함으로써 살아간다. 친구를 사귀고 싶으면 생기 있고 열정적인 태도로 사람들을 맞이하라. 어느 곳에서나 환영받는 방법이다.

미소를 지어라.

에이브러햄 링컨(Abraham Lincoln) 은 언젠가 "대부분의 사람들은 마음먹기에 따라 행복해진다"라고 말한 적이 있다.

행동이 감정을 따르는 것 같지만 실제로 행동과 감정은 병행한다. 행복을 구하는 아주 확실한 방법은 당신의 생각을 조절하는 것이다.

상대방의 이름을 잘 기억하라.

사람들의 이름을 기억하고 자주 불러라. 그러면 당신은 많은 찬사를 받을 것이다. 당사자들에게는 자신의 이름이 그 어떤 것보다도 기분 좋고 중요한 말임을 명심하라.

남의 말을 잘 들어주는 사람이 되어라.

데일 카네기는 한 만찬회에서 저명한 식물학자를 만났고 몇 시간 동안 그 식물학자와만 이야기를 나누었다. 그 식물학자는 그날의 주인과 이야기를 하며 카네기에 대해 칭찬하며 "가장 재미있는 대화였다."라고 했다. 하지만 카네기는 거의 아무런 말을 하지 않았었다. 식물학에 대해 아는 것이 없었던 것이다. 그가 한 것이라고는 이야기를 진지하고 흥미 있게 들어 준 것 밖에 없었다. 즉, 스스로에 대해 말하도록 다른 사람들을 고무시킨 것이다.

상대방의 관심사에 대해 이야기하라.

루즈벨트 대통령은 방문객이 찾아올 때마다 그 전날 늦게까지 방문객들이 관심을 가지고 있는 문제에 대해 독서를 했다. 그는 한 인간의 마음을 사로잡는 지름길은 그 사람이 가장 흥미를 느끼고 있는 일에 관해 이야기하는 것임을 잘 알고 있었던 것이다.

성실한 태도로 상대방이 중요하다는 느낌이 들게 하라.

존 듀이는 중요한 존재가 되려는 소망은 인간에게 있어 가장 뿌리 깊은 욕구라고 했다. 남에게 대접받고자 하면 남을 대접하라. 사람은 주위 사람들로부터 칭찬받고자 하며 자신의 진정한 가치를 인정받기를 원한다. 자기 자신의 조그마한 세계에서 중요한 존재이고자 한다. 상대방의 의견에 진심으로 동의해 주고 칭찬하는데 인색하지 말라.

잘못했으면 솔직히 인정하라.

우리가 비난받을 일이 있으면 먼저 스스로를 비난하는 편이 낫지 않을까? 자기에게 잘못이 있다는 것을 알게 되면 상대가 할 말을 먼저 해 버리는 것이다. 그러면 상대는 아무 할 말이 없어진다. 그는 관대해지고 이쪽의 잘못을 용서하는 태도로 나올 것이다.

싸움을 해서 충분히 얻을 수 있는 것은 없다. 그러나 양보한다면 기대한 것 이상을 얻을 수 있다.

우호적인 태도로 말을 시작하라.

화가 났을 때 상대에게 하고 싶은 말을 몇 마디 퍼붓고 나면 속이 후련해진다. 그러나 사람들을 강제로 윽박지른다고 그들의 의견이 나와 같아지진 않는다. 그러나 우리가 진심으로 친절하고 다정하게 대하면 그들의 생각이 바뀔 확률은 더 높다. 어떤 사람의 마음이 당신에 대한 나쁜 감정과 증오로 가득 차 있을 때는 이 세상의 어떤 논리로도 그의 마음을 당신이 생각하는 대로 움직일 수 없다.

상대방이 당신의 말에 즉각 "네, 네"라고 대답하게 하라.

상대방으로 하여금 처음부터 "네. 네"라고 말하게 하고 "아니오"라는 말을 가능한 하지 않도록 하라. 노련한 연사는 시작부터 "네"라는 반응을 여러 번 이끌어낸다. 청중의 심리 상태를 긍정적인 방향으로 유도해 주기 때문이다.

사람들과 이야기할 때 그들과 다른 의견을 갖고 있는 문제에 대해 먼저 논의하지 말라. 동의하는 것에 대해서 말을 시작하고 그것을 강조하라. 가능하다면 상대방이 같은 목표를 향해 가고 있으며 단지 다른 점이 있다면 그것은 목적이 아니라 방법이라는 점을 강조하라.

상대방으로 하여금 많은 이야기를 하게 하라.

그들과 의견이 다를 때에는 중간에 말참견을 하지 말라. 위험한 일이다. 그들은 할 말이 많기 때문에 당신에게 관심을 둘 리가 없다.

질문을 하라. 마음을 활짝 열고 끈기 있게 다른 사람의 말에 귀를 기울여 진지하게 들어라. 그들이 생각을 충분히 말할 수 있도록 격려해 주어라.

상대방으로 하여금 그 아이디어가 바로 자신의 것이라고 느끼게 하라.

타인에 의해 강요된 의견보다 스스로 생각해낸 의견을 우리는 더 신뢰한다. 그렇다면 자신의 의견을 억지로 강요하는 것보다 제안을 해서 상대방이 스스로 생각하고 결론을 내리게 하는 것이 상대방의 협력을 얻어내는 현명한 방법일 수 있다.

상대방의 관점에서 사물을 볼 수 있도록 성실히 노력하라.

상대를 이해하려고 노력하라. 상대방의 입장에 서서 정직하게 생각해 보라. 만일 스스로에게 '내가 만일 그의 입장이라면 어떻게 느끼고 행동할까?' 하고 묻는다면 시간도 아끼고 화도 내지 않게 된다. 기적이 일어나게 된다.

상대방의 생각이나 욕구에 공감하라.

"그렇게 생각하시는 것이 지당합니다. 제가 당신이었더라도 역시 그렇게 생각했을 테니까요." 아무리 고약한 사람이라도 이렇게 대답하면 점잖아지지 않을 수 없다.

보다 고상한 동기에 호소하라.

J. 피어몬트 모건은 인간 심리를 분석한 글에서 인간이 어떤 행동을 하는 데에는 두 가지 이유가 있다고 했다.

하나는 그럴 듯하게 보이는 이유이고 하나는 진짜 이유이다. 우리는 내심으로 모두 이상주의자이므로 그럴 듯해 보이는 이유를 좋아한다. 그러므로 사람들을 변화시키기 위해서는 좀 더 고상한 동기에 호소해야 한다.

칭찬과 감사의 말로 시작하라.

칭찬하는 것으로 시작하는 것은 마취제를 써서 마취를 한 후 일을 시작하는 치과의사와 같다. 환자는 이를 뽑지만 아픔을 감당하고 있다. 지도자는 그런 방법으로 사람을 다루어야 한다.

잘못을 간접적으로 알게 하라.

실수를 간접적으로 암시하는 방법은 직접적 비난에 매우 화를 내는 예민한 사람들에게 놀라운 효과가 있다. 다른 사람의 실수를 바로 잡아주기 위해 칭찬 후 원하는 부분을 말 할 때는 "그러나"라고 말하지 말고 "그리고"라고 말하라.

자신의 실수를 먼저 이야기하라.

야단을 치는 쪽이 먼저, 자기 또한 완벽한 사람이 아니라는 점을 겸손하게 인정하며 실수를 지적해 주면 듣는데 별로 거북하지 않을 것이다. 자신의 실수를 인정하세 되면 비록 그 실수를 계속 범하고 있다 하더라도 다른 사람의 행동을 바꿀 수 있다.

아무도 명령받기를 좋아하지 않는다.

직접적으로 명령하지 말고 요청하라. 질문은 명령을 보다 부드럽게 만들어 줄 뿐 아니라 사람들의 창의력을 자극하기도 한다. 사람들은 명령을 내리는 결정에 자신들이 참여하게 되면 그 명령을 쉽게 받아들이는 경향이 있다.

사람들에게 스스로 일할 기회를 주고 스스로 실수를 통해 배우도록 하라. 이러한 방법은 사람들로 하여금 잘못을 쉽게 바로잡을 수 있게 해준다. 상대의 자존심을 세워주고 자기 중요성을 느끼게 해주며 협조를 불러일으킨다.

상대방의 체면을 세워주어라.

사람의 체면을 세워주는 일이야말로 더할 나위 없이 중요
하다. 사람의 존엄성에 상처를 주는 것이야말로 죄악이다.

아주 작은 진전에도 칭찬을 아끼지 말라.

곡마단에서 동물 쇼를 하는 개가 조금이라도 잘하면 쓰다
듬고 칭찬해주며 고기를 던져준다. 그렇다면 동물을 훈련시
킬 때 사용하는 상식을 사람을 변화시키려 할 때는 왜 사용하
지 않는 것일까? 조그만 진전이라도 보이면 칭찬을 해주자.
동의는 진심으로, 칭찬은 아낌없이 하라.

상대방에게 훌륭한 명성을 갖도록 해주어라.

사무엘 보크레인은 "보통 사람은 대게, 당신이 그의 존경을
받고 있고 또 당신이 그의 능력을 존경하고 있다는 것을 보여
주면 쉽게 이끌어 갈 수 있다."고 말했다.

만일 그대가 지닌 장점이 없다면 장점을 가진 것처럼 생각
하라. 그러므로 다른 사람에게도 계발시켜 주고 싶은 장점이
있다고 가정하고 그것에 대해 자주 말하라. 그들에게 좋은 평
판을 생각하게 해 주어라.

격려해 주어라. 실수는 쉽게 고칠 수 있다고 느끼게 하라.

당신의 자녀나 배우자나 종업원에게 그들이 무능하거나 재능이 없다고 말해 보라. 당신은 잘해 보려는 마음의 싹을 모조리 잘라 버리는 것이 된다. 그러나 격려를 아끼지 않고, 상대의 능력을 믿고 있다는 것을 알려주며 그 일에 대해 아직 계발되지 않은 재능을 갖고 있다고 말해주면, 그는 의욕을 가지고 성공할 때까지 꾸준히 그 일을 해나갈 것이다.

당신이 제안하는 것을 상대가 기꺼이 하도록 만들어라.

훌륭한 지도자는 성실해야 한다. 다른 사람이 무엇을 하기를 원하는지 정확하게 알고 있어야 한다. 동정적이어야 한다. 자신이 제의하는 일을 함으로써 그 사람에게 어떤 이익이 돌아가는가를 생각하라. 그러한 이익을 다른 사람의 소망과 일치시키도록 하라.

논쟁을 피하라.

당신은 논쟁에서 이길 수 없다. 왜냐하면 논쟁에 지면 지는 것이고, 이긴다고 해도 지는 것이기 때문이다. 당신이 논쟁에서 이겼다고 하자. 그래서 어쨌다는 것인가? 당신 기분이야 좋겠지만 상대방은 어떻게 되겠는가? 당신은 그에게 열등감을 느끼게 했고, 그의 자존심을 구겨버렸다. 그는 당신의 승리를 혐오할 것이다.

논쟁에서 최선의 결과를 얻을 수 있는 유일한 방법은 그것을 피하는 것이다.

결코 "당신이 틀렸다"고 말하지 말라.

우리는 표정, 억양이나 제스처를 통해 말로 하는 것만큼 확실하게 다른 사람의 생각이 틀렸다고 말할 수 있다. 그러면 그들이 과연 당신에게 동의하겠는가? 천만의 말씀이다. 왜냐하면 당신이 그들의 지성, 판단, 자만심, 자존심을 직접적으로 건드렸기 때문이다. 그들은 당신에게 반격을 하고 자신들의 생각을 바꾸려 하지 않을 것이다.

자신의 생각이 틀릴지도 모른다고 인정하면 이는 모든 논쟁을 중단시키며, 상대로 하여금 공평하고 솔직하고 너그러운 마음을 갖도록 만들 것이다.

사람을 가르칠 때는 가르치지 않은 것처럼 하면서 가르치고, 새로운 사실을 제안할 때는 마치 그 사람이 잊어버렸던 것을 우연히 다시 생각하게 된 것처럼 제안하라.

■웃음은 인간의 모든 독을 제거하는 해독제이다.

■피로는 노동 때문이라기보다는 걱정과 불만과 후회에

휩싸였을 때 찾아온다.

- 남을 이해하고 용서하는 것은 자기를 이해할 줄 알고 높은 인격을 가진 사람이 아니면 할 수 없다.

- 내가 알고 있는 최대의 비극은 많은 사람들이 자기가 진정으로 하고 싶은 일이 무엇인지 알지 못하고 있다는 것이다. 단지 급료에 얽매어 일하고 있는 사람처럼 불쌍한 인간은 없다.

- 마음속에서 즐거운 듯이 만면에 웃음을 띠어라. 어깨를 쭉 펴고 크게 심호흡을 하자. 그러고 나서 노래를 부르자. 노래가 아니면 휘파람이라도 좋다. 휘파람이 아니면 콧노래라도 좋다. 그래서 자신이 사뭇 즐거운 듯이 행동하면 침울해지려 해도 결국 그렇게 안 되니 참으로 신기한 일이다.

- 책임을 지고 일을 하는 사람은 회사, 공장, 기타 어느 사회에 있어서도 꼭 두각을 나타낸다. 책임 있는 일을 하도록 하자. 일의 대소를 불문하고 책임을 다하면 꼭 성공한다.

■행운은 매달 찾아온다. 그러나 그것을 맞이할 준비가 되어 있지 않으면 거의 다 놓치고 만다. 이번 달에는 이 행운을 놓치지 말라.

■무엇인가를 이루려고 하는 마음이 없다면 세상 어디를 가나 두각을 나타낼 수 없다.

■밝은 성격은 어떤 재산보다도 귀하다.

■보다 많이 구하면 많이 얻을 것이며, 보다 많이 노력하면 많은 결과를 얻을 것이다.

■최상의 자리란 가장 많이 노력하는 자에게 주어지는 것이다.

■웃음이 적은 곳에는 매우 적은 성공만 있다.

■행복의 비결은 포기해야 할 것을 포기하는 것이다.

■그대가 불쾌한 기분 속으로 들어가기 때문에 모든 것이 불쾌해지는 것이다. 먼저 유쾌하게 생각하고 행동하라.

그러면 유쾌한 기분이 절로 솟아날 것이다. 이것이 평화
와 행복을 가져오는 방법이다.

■ 미소는 만물의 영장인 사람만이 가지고 있는 특권적인
표현법이다. 이 귀한 하늘의 선물을 올바로 이용하는 것
이 사람이다. 미소는 일을 유쾌하게, 교제를 명랑하게,
가정을 밝게, 그리고 수명을 길게 해준다.

■ 사람에게는 자기의 이름이 모든 말 가운데 가장 사랑스
럽고 존중하게 들리는 말이다.

■ 실패들로부터 성공을 개발하라. 실망과 실패는 성공에
이르게 하는 가장 분명한 두 가지 디딤돌이다. 인간에게
는 실패들로부터 배운 교훈보다 더 값진 교훈은 없다. 뒤
를 돌아보라. 당신은 실패 때문에 어떤 도움도 얻는 것이
없는가?

■ 어떤 일에 열중하기 위해서는 그 일을 올바르게 믿고, 자
기는 그것을 성취할 힘이 있다고 믿으며, 적극적으로 그
것을 이루어 보겠다는 마음을 갖는 일이다. 그러면 낮이
가고 밤이 오듯이 저절로 그 일에 열중하게 된다.

■ 자기의 능력이나 실력은 생각하지 않고, 단숨에 몇 계단을 뛰어 올라가려는 사람은 성공하지 못한다.

■ 지금이야말로 인생이라고 하는 훌륭한 모험을 이 지구상에서 실행할 수 있는 유일한 기회다. 그러므로 될 수 있는 한 풍성하고 행복하게 사는 계획을 세워 실행한다.

■ 친구를 얻게 되고, 이쪽의 생각에 따라오게 하는 가장 확실한 방법은 상대의 의견을 충분히 받아들이고, 상대방의 자존심을 만족시켜주는 일이다.

■ 좋은 기회란 우리들 자신 속에 있다.

■ 타인을 대할 때는 친절한 태도로 할 것이며 미소를 잊어서는 안 된다. 미소는 가정의 행복을 더하며, 사업의 흥미를 돋우며, 친구 사이를 두텁게 하고, 피곤한 사람에게 위안을 주며, 낙담한 사람에게 희망을 주며, 우는 사람에게 위로를 준다. 그러므로 남이 좋아하는 사람, 곧 좋은 인상을 받기 원하는 사람은 그리고 쾌활함과 행복감을 찾으려는 사람은 '미소'라는 두 글자를 지니도록 하라.

■하고자 하는 일에는 반드시 착수하기 전에 충분히 연구
하라.

■행복은 자기 자신에게 잘 주의하는 사람에게만 찾아온다.

■행복의 유일한 방법은 감사를 바라지 않으며 남에게 '주
는 기쁨'을 갖는 데 있음을 기억하라. 당신의 고민거리
를 헤아리지 말고 당신이 받은 축복을 헤아리라. 남을 모
방하지 말라. 자기 자신을 발견하고 자기답게 살라. 인생
에서 가장 중요한 일은 자기가 얻은 것을 자본으로 삼는
일이 아니다. 참으로 중요한 것은 손실로부터 유익을 얻
는 일이다. 다른 사람에게 흥미를 가짐으로써 피곤한 자
기 집중에서 벗어나라. 다른 사람의 얼굴에서 웃음을 띠
울 일을 한 가지씩 하라.

■현대는 연출의 시대다. 단순히 있는 사실을 말하는 것으
로는 남의 마음을 사로잡지 못한다. 그것을 생생하고 재
미있게 극적인 것으로 만들어 내야 한다. 말하자면 연출
자의 손을 빌려야 한다는 것이다. 영화나 방송은 이 같은
수법을 쓰고 있다. 당신도 이 방법으로 주목을 끌어 보는
것이 좋다.

■현재의 이 시간이 더할 수 없는 보배다. 사람은 그에게 주어진 인생의 시간을 어떻게 이용하였는가에 따라서 그의 장래가 결정된다. 만일 하루를 헛되이 보냈다면 큰 손실이다. 하루를 유익하게 보낸 사람은 하루의 보배를 파낸 것이다. 하루를 헛되이 보내는 것은 내 몸을 소모하고 있다는 것을 알아야 한다.

■언뜻 보기에 보잘것없는 일일지라도 전력을 다해야 할 것이다. 일은 정복할 때마다 실력이 붙는다. 작은 일을 훌륭히 해내면 큰일은 자연히 결말이 난다.

■세상은 스피드 시대이다. 밧줄을 푸는데 시간을 다 보내서야 언제 사무를 본단 말인가. 칼로 끊어야 한다.

■도저히 손댈 수가 없는 곤란에 부딪혔다면 과감하게 그 속으로 뛰어들라. 그러면 불가능하다고 생각했던 일이 가능해진다. 자기의 능력을 완전히 신뢰하고 있으면 반드시 할 수 있다.

■행복해지고 싶으면, 무엇인가 목표를 세워서, 그것을 자기가 생각하는 일체와 비교하고, 지금까지 억눌려 왔던

저력을 한꺼번에 해방시켜서, 희망을 주어야 한다. 행복은 자기 내부에 있다. 이것을 끌어내는 데는 자기의 생각과 저력의 전부를 쏟을 수 있는 목표를 세워 실행하는 것이다. 행복해지고 싶으면, 자기 이외의 것에 마음을 쏟으면 된다.

■여자는 자신의 생일과 결혼기념일을 매우 소중히 여긴다. 왜 그럴까. 남자에게는 이해할 수가 없는 여자의 심리적인 수수께끼다. 대부분의 남자들은 달력 따위엔 흥미가 없다. 그러나 절대 잊어서는 안 될 날은 아내의 탄생일, 자신의 결혼기념일이다. 두 날은 절대 잊어서는 안 된다.

■기회를 놓치지 말라! 인생은 모두가 기회인 것이다. 제일 앞서가는 사람은 과감하게 결단하고 실행하는 사람이다. '안전제일'을 지키고 있다면 먼 곳까지 배를 저어 갈 수가 없다.

■남자는 안달을 부리던가, 불행을 늘어놓던가, 중얼중얼 잔소리를 하는 여자와 더불어 훌륭한 진수성찬을 먹기보다는, 통조림 콩밖에 없더라도 화기애애한 즐거운 분

위기에 젖는 편을 더욱 좋아한다.

■ 당신이 내일 만날 사람들 중 4분의 3은 동정심을 갈망할 것이다. 그것을 그들에게 안겨 주라. 그러면 그들은 당신을 사랑할 것이다.

■ 도중에 포기하지 말라. 망설이지 말라. 최후의 성공을 거둘 때까지 밀고 나가자.

■ 남을 비난하는 것은 위험한 불꽃이다. 그 불꽃은 자존심이라는 화약고의 폭발을 유발하기 쉽다. 이 폭발은 가끔 사람의 생명까지 빼앗아 간다.

■ 웃음은 근심 없는 혼(魂)의 자연스러운 표현이다.

부 록

- 삶의 다양한 방법
- 인명별 영어 명언

삶의 소중함을 느끼게 하고 반성을 계기로 발전하게 하는 교훈을 담은 묵상집은 아니지만 촌철살인의 명언들을 통해서 삶의 목표와 성공의 가치 그리고 현명함의 정체를 깨달아보자.

부 록
— 삶의 다양한 방법

짧은 명언 모음

▣ 그 사람을 모르거든 그 벗을 보라. – 메난드로스

▣ 절망은 죽음에 이르는 병이다. 쉽게 절망하여 포기하면
마음까지 해친다. – 키에르 케고르

▣ 진인사 대천명(盡人事 待天命) – 제갈공명

▣ 자기의 집을 사랑하는 데서 자기 나라를 사랑하는 마음
이 나온다. – 찰스 디킨즈

▣ 아름다운 여인에 대해선 이내 싫증이 나지만 착한 여인
에 대해선 절대로 싫증이 나지 않는다. – 몽테뉴 수상록

■우리는 가장 모르는 것을 가장 잘 믿는다. - 몽테뉴

■건강을 유지한다는 것은 자기에 대한 의무인 동시에, 또 한 사회에 대한 의무이기도 하다. - 프랭클린

■그대가 건강하다면 그대의 힘을 남을 위해 봉사하는데 쓰도록 하라. - 레프 톨스토이

■끝을 맺기를 처음과 같이 하면 실패가 없다. - 노자

■가난한 사람은 덕행으로, 부자는 선행으로 이름을 떨쳐 야 한다. - 주베르

■돈은 거름과 같아서 뿌리지 않으면 썩기 쉽다.

　- 프란시스 베이컨

■남을 따르는 법을 알지 못하는 사람은 좋은 지도자가 될 수 없다. - 아리스토텔레스

■인내하라, 경험하라, 조심하라. 그리고 희망을 가져라.

　- 조셉 에디슨

■남의 바르지 못한 점을 잡지 말라. 남이 무엇을 하든 참견하지 말라. 다만 내가 무엇을 하고 무엇을 하지 말아야 할 것인가 만을 생각하라. - 법구경

■남의 과실을 들추어내어 성난 마음을 품게 하면 그 결점만 커질 뿐, 방황에서 벗어날 길은 더욱 멀어진다. - 법구경

■말해야 할 때를 아는 사람은 침묵해야 할 때도 안다.
  - 아르키메데스

■내일에 아무런 도움이 되지 않는다면, 당신의 과거는 쫓아버려라. - 오슬러

■노동 뒤의 휴식이야말로 가장 편안하고 순수한 기쁨이다. - 임마뉴엘 칸트

■남자가 아무리 이론을 늘어놓아도, 여자의 한 방울 눈물에는 당하지 못한다. - 볼테르

■궁핍은 영혼과 정신을 낳고, 불행은 위대한 인물을 낳는다. - 빅토르 위고

■ 사람을 강하게 만드는 것은 사람이 하는 일이 아니라, 하고자 노력하는 것이다. - 어니스트 헤밍웨이

■ 가장 귀중한 재산은 사려가 깊고 헌신적인 친구이다.
 - 다리우스

■ 금전은 바닥이 없는 바다 같은 것. 양심도 명예도 빠져서 떠오르지 않는다. - 벤저민 프랭클린

■ 미모의 아름다움은 눈만을 즐겁게 하나 상냥한 태도는 영혼을 매료시킨다. - 볼테르

■ 만일 내 무지의 원인이 무엇인지를 알았다면 나는 현인이 되리라. - 칼릴 지브란

■ 거지의 사랑을 받게 된 사람이야말로 군주 중의 군주이다. - 칼릴 지브란

■ 중요한 것은 큰 뜻을 품고 그것을 완수하기 위한 기능과 인내를 지니는 일이다. 그 밖의 것은 하나도 중요하지 않다. - 괴테

■무슨 일이 일어나더라도 책임은 모두 자신에게 있다는 사실을 명심하라. – 앤터니 로빈스

■사람은 자기 일보다 남의 일을 더 잘 알고 더 잘 판단한다. – 테렌티우스

■많은 벗을 가진 사람은 한 사람의 진실한 벗을 가질 수 없다. – 아리스토텔레스

■겨울이 오면 봄은 멀지 않으리. – 셸리

■남자는 망각으로 살아가고, 여자는 추억으로 살아간다. – T.S. 엘리엇

■마지막에 이르기까지 처음과 마찬가지로 주의를 기울이면 어떤 일도 해낼 수 있을 것이다. – 노자

■상처받은 자존심은 용서할 줄을 모른다. – 루이 뷔제

■당신이 사랑받고 싶다면 사랑받을 만한 가치가 있는 사람이 되어라. – 오비디우스

■ 네가 어려움을 당할 때 낙심하면 너는 정말 약한 자이다.
- 성경

■ 고난과 불행이 찾아올 때에, 비로소 친구가 친구임을 안
다. - 이태백

■ 맑은 거울은 형상을 살피게 하고, 지나간 옛일은 이제 될
일을 알게 한다. - 공자

■ 사람은 땅을 본받고 땅은 하늘을 본받으며 하늘은 도(道)
를 본받는다. - 노자

■ 약속을 잘하는 사람은 잊어버리기도 잘한다. - T. 플러

■ 결혼이란 상대를 이해하는 극한점이다 . - 팔만대장경

■ 몸가짐은 각자가 자기의 모습을 비추는 거울이다. - 괴테

■ 당신은 바로 자기 자신의 창조자이다. - 엔드류 카네기

■ 최고에 도달하려 한다면 최저에서 시작하라. - P. 실스

■다정한 벗을 찾기 위해서라면 천리 길도 멀지 않다.

　– 톨스토이

■건강한 사람은 자기의 건강을 모른다. 병자만이 건강이
무엇인가를 알고 있다. – 토마스 칼라일

■자기 자신을 싸구려 취급하는 사람은 타인에게도 싸구
려 취급을 받을 것이다. – 윌리엄 헤즐릿

　주) 윌리엄 헤즐릿(William Hazlitt) : (1778–1830) 영국의 수필작가이다.

■절망이란 어리석은 사람의 결론이다. – 그랑빌

　주) Grandville, 제라르 : 본명은 Jean-Ignace-Isidore Gerard. (18033~1847). 프랑
　스의 화가. 환상가이고 최초의 초현실주의자이며, 풍자화가로도 유명하다.

■우리 인생은 우리들이 노력한 만큼 가치가 있다. – 모리악

■돈으로 살 수 있는 행복이라고 불리는 상품은 없다.

　– 헨리 벤 다이크

　주) 헨리 벤 다이크(Henry Van Dyke) : 미국의 목사이며 작가로 '무명 교사 예찬론'
　이 유명하다 .

■목표는 커야 한다. 작은 목표는 작은 성취감만 느끼게 할

뿐이다. 목표가 커야 성취감도 크고 자신의 능력을 극대화시킬 수 있다. – 지그 지글러

주) 지그 지글러 : 멘토링 강사로 '정상에서 만납시다(See You at the Top!)'라는 책의 저자이다.

■ 같은 물이라도 소가 마시면 젖이 되고, 뱀이 마시면 독이 된다. – 불경

■ 부모를 공경하는 효행은 쉬우나, 부모를 사랑하는 효행은 어렵다. – 장자

■ 거짓은 거짓으로, 성심은 성심으로 보답된다. 상대방의 성심을 바라거든 이쪽에서도 성심을 표하라. – 토마스 만

■ 남자의 사랑은 생애의 일부에 불과하지만, 여자의 사랑은 생애의 전부이다. – 바이런

■ 희망만 있으면 행복의 싹은 그 곳에서 움튼다. – 괴테

■ 가장 커다란 위험은 승리의 순간에 도사린다. – 나폴레옹

■ 명장들도 처음에는 아마추어였다. – 에머슨

■부모를 사랑하는 사람은 남을 미워하지 않으며, 부모를 공경하는 사람은 남을 얕보지 않는다. - 불경

■고결하게 죽는 것이 목숨을 건지는 것보다 더 훌륭하다.
- 에스킬루스

주) 에스킬루스 (Aeschylus) : (525-456 B.C) 아테네 부근 엘류시스 지방의 귀족 가문에서 태어났다. 극작가이자 시인, 군인으로서도 높은 존경을 받았다.

■무식한 것을 두려워하지 말라. 허위의 지식을 가지고 있음을 두려워하라. - 괴테

■하루하루가 현명한 사람에게는 새 삶이다. 오늘은 절대로 다시 오지 않는다는 것을 생각하라. - 단테

■진리를 추구하는 사람은 흙보다도 더한 겸허를 지녀야 한다. - 마하트마 간디

■돈의 가치를 알아보고 싶거든 남에게 돈을 꾸어 달라고 요청해 보아라. - 스마일즈

■식욕 없는 식사는 건강에 해롭듯이, 의욕이 동반되지 않은 공부는 기억을 해친다. - 레오나르도 다빈치

■ 돈이 있으면 이 세상에서는 많은 일을 할 수 있다. 그러나 청춘을 돈으로 살 수는 없다. - 다이문트

주) 다이문트 : 오스트리아의 극작가이다.

■ 두려움은 언제나 무지에서 샘솟는다. - 에머슨

■ 돈은 누군지도 묻지 않고, 그 소유자에게 권리를 준다.
 - 라스킨

주) 라스킨 : '매킨토시의 아버지'로 잘 알려져 있는 매킨토시 최초 설계자이다.

■ 나무가 고요하고자 하나 바람이 멈추지 않고, 자식이 효도하고자 하나 어버이가 기다리지 않는다. - 한시 외전

■ 의욕적인 목표가 인생을 즐겁게 한다. - 로버트 슐러

주) 로버트 슐러 : 미국 기독교목사로 캘리포니아 가든 그로브에 수정교회를 창설했다.

■ 불행한 사람들은 자기보다 더욱 불행한 사람들을 보고 위안 받는다. - 이솝

■ 나는 생각한다. 고로 나는 존재한다. - 데카르트

■ 인내는 쓰다. 그러나 그 열매는 달다. - 장자크 루소

■천재라는 것은 무엇보다 고통을 참아내는 뛰어난 능력을 말한다. – 토마스 카알라일

■최후에 웃는 자가 가장 행복한 사람이다. – 디오게네스

주) 디오게네스 : 고대 그리스의 철학자(B.C.412~B.C.323). 견유학파(犬儒學派 : 금욕적 자족을 강조하고 향락을 거부하는 그리스 철학 학파)의 전형적 인물이다.

■가장 지혜로운 자는 허송세월을 가장 슬퍼한다. – 단테

■돈이 있어도 이상(理想)이 없는 사람은 몰락의 길을 걷는다. – 도스토예프스키

■아름다운 시작보다 아름다운 끝을 선택하라. – 그라시안

■추악한 여자는 없다. 다만 아름답게 보이는 방법을 모르는 여자가 있을 뿐이다. – 라 브뤼에르

주) 라 브뤼에르(Jean de La Bruyere) : (1645~1696) 프랑스의 모럴리스트.

■좋은 말 한 마디는 많은 책 중의 한 권보다 더 낫다.

– 르나르

주) Pierre-Jules Renard (1864~1910) 프랑스 소설가이자 시인이며 극작가이다.

■ 인생은 왕복 차표를 발행하지 않는다. 일단 떠나면 다시
는 돌아오지 못한다. - R. 롤랑

■ 부패한 사회에는 많은 법률이 있다. - S. 존슨

■ 나라의 전통적 문화를 소중히 지켜나가는 나라는 번영
하고 그렇지 못한 나라는 망한다. - 알렉산더 솔제니친

■ 오로지 현재에만 몰두하라. 우리는 똑같은 강물 속에 두
번 들어 갈 수가 없다. 왜냐하면 다른 강물들이 계속 들
어오고 있기 때문이다. - 헤라클레이토스

■ 사람을 싫어하는 것을 고치는 간단한 방법이 있다. 그것
은 타인의 장점을 발견하는 것이다. - 데일 카네기

■ 인간은 운명의 포로가 아니라 자신의 정신에 딸린 포로
이다. - 프랭클린 루즈벨트

■ 괴로움과 번민은 위대한 자각과 심오한 심정의 소유자
에겐 언제나 필연적인 것이다. - 토스코예프스키

주) 19세기 러시아 문학을 대표하는 세계적인 문호이다. '카라마조프의 형제들', '죄와
벌' 등이 있다.

■기쁨과 노여움은 마음속에 있고, 말은 입에서 나오는 것
이니 신중히 하지 않으면 안 된다. - 채옹 선생

주) 채옹(蔡邕) : (132~192) 중국 후한의 학자·문인·서예가로 젊어서부터 박학했고
비백체(飛白體)를 창시했으며 문장에 뛰어났다.

■고난이 있을 때마다 그것이 참된 인간이 되어가는 과정
임을 기억해야 한다. - 괴테

■고집을 부리는 것은 자신이 소인배라는 것을 폭로하는
것이다. - 그라시안

■천재란 99%의 노력과 1%의 영감(靈感)으로 이루어진다.
- 에디슨

■남자는 자기가 알고 있는 것을 말하고, 여자는 상대가 기
뻐하는 것을 말한다. - 루소

■내 자식들이 해주기 바라는 것과 똑같이 네 부모에게 행
하라. - 소크라테스

■돈을 빌려준 사람은 돈을 빌린 사람보다 훨씬 기억력이
좋다. - 프랭클린

■ 우리는 흔히 내일 내일 하고들 있지만, 이 내일이라는 것
은 영원히 이어지는 것이므로 오늘 하지 않으면 아무 것
도 못하게 되는 것이다. - 앤드류 카네기

■ 습관이란 인간으로 하여금 어떤 일이든지 하게 만든다.
- 도스토예프스키

■ 보람 있게 보낸 하루가 편안한 잠을 주듯이 값지게 쓰인
인생은 편안한 죽음을 준다. - 레오나르도 다빈치

■ 결코 그르치는 일이 없는 사람은 아무 것도 하지 않는 사
람뿐이다. - 로망 롤랑

■ 나는 노예가 되고 싶지 않은 것처럼, 주인도 되고 싶지
않다. - A.링컨

■ 슬픔은 혼자서 간직할 수 있으나 기쁨은 충분한 가치를
얻으려면 누군가와 나누어 가져야 한다. - 마크 트웨인

■ 세상에서 가장 무서운 것은 가난도 걱정도 병도 아니다.
그것은 생에 대한 권태이다. - 마키아벨리

■ 고귀한 인물은 쉽게 자신의 운명을 한탄하지 않는다.

- 쇼펜하우어

■ 죽기로 마음을 먹으면 반드시 살고, 살기로 마음을 먹으면 반드시 죽는다. - 이순신

■ 꿈을 가져라. 그러면 어려운 현실을 이길 수 있다.

- 라이너 마리아 릴케

■ 상대를 알고 나를 알면 백 번 싸워도 위태롭지 않다.

- 손자

■ 이익이 있으면 위험도 있다. - 손자병법

■ 내가 할 수 있는 일은 남도 할 수 있다. - 손자병법

■ 기둥이 약하면 집이 흔들리듯, 의지가 약하면 생활도 흔들린다. - 에머슨

■ 식물은 재배함으로써 자라고 인간은 교육을 함으로써 사람이 된다. - 루소

■ 깨어있는 진실은 결코 멸망하지 않는다. - 윌리엄 워즈워드

■ 로마는 하루아침에 이루어지지 않았다. - 세르반테스

■ 교사의 임무는 독창적인 표현과 지식의 희열을 불러 일
  으켜주는 일이다. - 아인슈타인

■ 뜻이 있는 곳에 길이 있다. - 버나드 쇼

■ 만나는 사람마다 교육의 기회로 삼는다. - A.링컨

■ 단 하루도 책을 읽지 않으면 입에 가시가 돋는다. - 안중근

■ 비록 내일 지구의 종말이 온다 하여도 나는 오늘 한 그루
  의 사과나무를 심겠다. - 스피노자

■ 공부 잘한 사람만이 사회에서 성공하는 것은 아니다. 배
  운 것을 응용할 줄 알아야 한다. - 손자병법

■ 할 일이 없으면 혼자 있지 말라. 혼자 있거든 할 일을 찾
  아라. - 새뮤얼 존슨

■ 한국이 인류사회에 기여할 것이 있다면 부모를 공경하는 효자상(孝子像)일 것이다. - A. 토인비

■ 근원이 맑으면 흐름도 맑고, 근원이 흐리면 흐름도 흐리다. - 순자

■ 운명에 우연이란 없다. 인간은 어떤 운명을 만나기 전에 벌써 제 스스로 그것을 만들고 있는 것이다. - 월슨

■ 오솔길 좁은 곳에서는 한 걸음 머물러 서서 남을 먼저 지나가게 하고, 기름지고 좋은 음식은 삼 분을 덜어 내어서 남에게 맛보게 하라. 이것이 세상을 살아가는 가장 편안하고 즐거운 방법의 하나일지니라. - 채근담

■ 인간은 현재라는 가치의 중요성을 모른다. 막연하게 보다 나은 미래를 상상하거나 그렇지 않으면 헛된 과거에 집착하고 있기 때문이다. - 괴테

■ 세상에서 가장 강한 자는 혼자 힘으로 설 수 있는 자이다. - 헨리크 입센

■ 자기 자신의 마음속에서 싸움을 시작한 사람만이 가치 있는 사람이다. – 로버트 브라우닝

주) (1812~1889) 영국 빅토리아 시대의 대표적인 시인이다.

■ 독서의 즐거움은 관능을 만족시키는 데 있는 게 아니라 지성을 만족시키는데 있다. – 서머셋 모옴

■ 기회는 발견될 때마다 놓치지 말고 잡지 않으면 안 된다. – 프린시스 베이컨

■ 진정으로 강한 사람은 치열하면서도 온화해야 한다. 또한 이상주의자이면서 현실주의자이어야 한다. – 마틴 루터 킹

■ 명성은 평소 그것에 대해 무관심한 사람에게 슬머시 찾아오는 법이다. – 올리버 웬델 홈즈

■ 세계는 하나의 무대이며 모든 인간은 남자나 여자나 배우에 불과하다. – 윌리엄 셰익스피어

■ 만나고, 알고, 사랑하고, 그리고 이별하는 것이 모든 인간의 공통된 슬픈 이야기다. – 콜리지

◼ 기대하지 않는 자는 실망하지도 않을 것이다. - 울거트

◼ 명예는 물위의 파문과 같으니, 결국은 무로 끝난다.
　- 윌리엄 셰익스피어

◼ 이 세상의 모든 훌륭한 것들은 모두가 독창성의 열매이
다. - 존 스튜어트 밀

◼ 말하는 자는 씨를 뿌리고, 침묵하는 자는 거두어들인다.
　- J. 레이

◼ 누구와도 친구가 되려는 사람은 누구의 친구도 아니다.
　- 부페퍼

◼ 나는 지금 행복한가 하고 자기 자신에게 물어보면 그 순
간 행복하지 못하다고 느끼게 된다. - J.S. 밀

◼ 그 사람의 미덕과 인품에 이끌려 자신도 모르게 가까이
다가갈 때, 비로소 사랑은 시작된다. - 그라시안

◼ 미래를 기다려서는 안 되며, 우리 스스로 만들어야 하는

것이다. - 그라시안

■ 나는 죽음을 겁내지 않는다. 다만 의무를 다하지 않고 사는 것을 겁낸다. - 하운드

■ 자기 자신을 현명하다고 생각하는 인간은 그야말로 바보이다. - 볼테르

■ 전임사와 어깨를 나란히 하려면, 두 배로 일을 해야 한다. - 그라시안

■ 불행한 사람들은 자기보다 더욱 불행한 사람들을 보고 위안 받는다. - 이솝

■ 소인은 시작은 있되 끝이 없다. - 진서(晉書)

■ 이기는 것이 중요한 것이 아니다, 어떻게 노력하는가가 문제이다. - 쿠베르탱

■ 불행한 사람을 비웃지 말라. 자기의 행복이 영원한 것이라고 누가 장담 할 것인가. - 라퐁테느

■ 모든 사람을 얼마 동안 속일 수는 있다. 또 몇 사람을 영원히 속일 수도 있다. 그러나 모든 사람을 영원히 속일 수는 없다. - A.링컨

■ 현재는 결코 우리의 목적이 아니다. 과거와 현재는 수단이며, 미래만이 우리의 목적이다. - 파스칼

■ 가난뱅이로 남는 가장 확실한 방법은 정직한 사람으로 일관하는 것이다. - 나폴레옹

■ 모든 양서를 읽는다는 것은 지난 몇 세기 동안에 걸친 가장 훌륭한 사람들과 대화를 하는 것과 같다. - 데카르트

■ 책은 남달리 키가 큰 사람이요, 다가오는 세대가 들을 수 있도록 소리 높이 외치는 유일한 사람이다. - 브라우닝

■ 인생은 산을 오르는 것과 같다. 오르고 있는 동안 사람은 정상을 바라본다. 그리고 자기가 행복하다고 느낀다. - 모파상

■ 악법도 법이다. 나는 법률을 어길 수 없다. - 소크라테스

▣ 가벼운 슬픔은 말이 많고, 큰 슬픔은 말이 없다. – 세네카

▣ 그대가 할 일은 그대가 찾아서 하라. 그렇지 않으면 그
대가 해야 할 일은 끝까지 그대를 찾아다닐 것이다.

– 버나드 쇼

항상 즐거운 삶을 사는 방법

1. 샤워할 때는 노래를 하라.

2. 일 년에 적어도 한번은 해오름을 보라.

3. 완벽함이 아닌 탁월함을 위해 노력하라.

4. 세 가지 새로운 유머를 알아두어라.

5. 매일 세 사람을 칭찬하라.

6. 단순히 생각하라.

7. 크게 생각하되, 작은 기쁨을 즐겨라.

8. 당신이 알고 있는 가장 밝고 정열적인 사람이 되라.

9. 항상 치아를 청결히 하라.

10. 당신이 승진할 만하다고 생각될 때 요구하라.

11. 부정적인 사람들을 멀리 하라.

12. 잘 닦인 구두를 신어라.

13. 지속적인 자기 발전에 전념하라. 상대방의 눈을 보라.

14. 먼저 인사하는 사람이 되어라.

15. 새로운 친구를 사귀되, 옛 친구를 소중히 하라.

16. 비밀은 반드시 지켜라.

17. 상대방이 내미는 손을 거부하지 마라.

18. 남을 비난하지 마라

19. 당신 삶의 모든 부분을 책임져라.

20. 사람들이 당신을 필요로 할때 거기에 있어라.

21. 때로는 모르는 사람의 주차요금을 대신 내주어라.

22. 삶이 공정할 거라고 기대하지 마라.

23. 사랑의 힘을 너무 얕보지 마라.

24. 가끔은 아무런 이유가 없이 샴페인을 터트러라.

25. 설명하기 위해서가 아닌 주장할 수 있는 생을 살아라.

26. 남의 작은 향상에도 칭찬해 주어라.

27. 실수 했다고 말하는 것을 두려워하지 말아라.

28. 오직 사랑을 위해서만 결혼하라.

29. 자신의 행운을 기다려라.

새로워지는 방법

1. 평소에 다니던 길이 아닌 길로 가본다.

2. 현재의 가장 큰 불만이 뭔지 생각해본다.

3. 고민만 하던 스포츠센터에 등록해 버린다.

4. 일주일, 혹은 한 달에 한번 서점가는 날을 정한다.

5. 존경하는 사람의 사진을 머리맡에 둔다.

6. 일주일에 한 개씩 시를 외운다.

7. 생각은 천천히, 행동은 즉각 한다.

8. 어제했던 실수를 한 가지 떠올리고 반복하지 않는다.

9. 할일은 되도록 빨리 끝내고 여유시간을 확보한다.

10. 10년 후의 꿈을 적어본다.

당당해지는 방법

1. 두려움을 버려라.

2. 열정을 가져라.

3. 분석하고 평가하라.

4. 독립적 사고를 하라.

5. 현실에 만족하라.

6. 환하게 웃어라.

7. 무언가에 푹 빠져라.

8. 한순간도 자신을 의심하지 마라.

9. 허리를 꼿꼿이 펴라.

10. 당신이 믿는 것에 단호해라.

11. 부끄러움 없는 야심으로 밀고 나가라.

12. 능력을 발굴하고 약점은 무시하라.

13. 싫은 것은 당당히 'NO' 라고 말하라.

14. 웃음거리가 되는 것을 두려워 마라.

15. 어떤 것도 지나치게 심각하게 받아들이지 마라.

발전하는 방법

1. 매주, 매달 목표를 세우자.

2. 여행을 자주 다니자.

3. 다른 분야의 사람들과 정기적으로 대화하자.

4. 신문과 잡지와 친하게 지내자.

5. 의논 할 수 있는 상대를 곁에 두자.

6. 돼지 저금통에 하고 싶은 일을 적고 저축하자.

7. 특별요리에 하나씩 도전해 보자.

8. 어린 사람과 친구가 되자.

9. 단 한 줄이라도 일기를 쓰자.

10. 한 번도 경험해보지 않은 일을 해보자.

11. 맨 처음 시작할 때의 초심을 잊지 말자.

12. TV보는 시간을 줄이자.

13. 망설이는 일의 리스트를 작성 후 실천여부를 결정하자.

차분해지는 방법

1. 해주고 나서 바라지 말자.

2. 스트레스를 피하지 말고 그대로 받아들이자.

3. 할일을 내일로 미루지 말고 지금 시작해 놓자.

4. 울고 싶을 땐 소리 내어 실컷 울자.

5. 숨을 깊고 길게 들이마시고 내쉬어 보자.

6. 잠들기 바로 직전에는 마음과 몸을 평안히 하자.

7. 상처받는 것을 두려워하지 말자.

8. 하고 싶은 말은 하자.

9. 인생은 혼자라는 사실을 애써 부정하지 말자.

10. 이대로의 내 모습을 인정하고 사랑하자.

11. 나 자신을 위한 적당한 지출에 자책감을 갖지 말자.

12. 할 수 없는 것에 대한 욕심을 버리자.

13. 다른 사람은 나와 다르다는 것을 인정하자.

14. 하루 일을 돌이켜 보는 명상의 시간을 갖자.

15. 잔잔한 클래식을 듣자.

즐거워지는 방법

1. 일하는 동안 낄낄낄 웃는다.

2. 재미있게 말한다.

3. 콧노래를 부른다.

4. 즐겁고 열정적으로 일한다.

5. 무언가에 푹 빠져라.

6. 가장 하고 싶은 일을 한다.

7. 지금 하고 있는 일에 최선을 다한다.

8. 고통스러운 시간의 끝을 상상한다.

9. 매 순간이 단 한번뿐이라고 생각한다.

10. 지금하고 있는 일을 사랑한다.

11. 내가 먼저 큰소리로 인사한다.

12. 유머러스한 사람과 친하게 지낸다.

13. 부정적인 사람은 되도록 멀리 한다.

14. 하기 싫은 건 열심히 해서 최대한 빨리 끝내버린다

행복해지는 방법

1. 나 자신을 위해서 꽃을 산다.

2. 날씨가 좋은 날엔 석양을 보러 나간다.

3. 제일 좋아하는 향수를 집안 곳곳에 뿌려 둔다.

4. 하루에 세 번씩 사진을 찍을 때처럼 환하게 웃어본다.

5. 하고 싶은 일을 적고 하나씩 시도해본다.

6. 시간 날 때마다 몰입할 수 있는 취미를 하나 만든다.

7. 음악을 크게 틀고 내 맘대로 춤을 춘다.

8. 매일 나만을 위 한 시간을 10분이라도 확보한다.

9. 고맙고 감사한 것을 하루 한 가지씩 적어 본다.

10. 우울할 때 찾아갈 수 있는 비밀장소를 만들어둔다.

11. 나의 장점을 헤아려 본다.

12. 멋진 여행을 계획해 본다.

13. 내일은 오늘보다 무엇이 나아질지 생각한다.

편안해지는 방법

1. 잘해야겠다는 강박관념을 버리자.
2. 가방을 절반의 무게로 줄이자.
3. 기억해야 할 것은 외우지 말고 메모를 하자.
4. 부탁을 두려워하지 말자.
5. 빚을 지지 말자.
6. 중요한 일부터 처리하자.
7. 인생은 불완전하고 불안정한 것임을 인정하자.
8. 임무는 굵고 짧게 처리하자.
9. 한번 할 때 확실하게 마무리를 짓자.
10. 남의 눈치를 보지 말자.
11. 인간관계를 넓고 얇게 만들자.

여유로워지는 방법

1. 30분 일찍 일어나라.
2. 지하철을 놓쳐라.
3. 회사에 혹은 집에 휴가계를 내라.
4. 자가 운전 대신 대중교통을 이용하라.
5. 천천히 걸어라.
6. 말한 만큼의 세배를 들어라.
7. 벌어지지 않은 상황에 대해 겁내지 마라.

8. 주는 것 자체를 즐겨라.

9. 한걸음 물러서라.

10. 목적지를 정하지 않고 걸어본다.

11. 순간순간을 즐겨라.

12. 남과 나를 비교하지 마라.

사랑스러워지는 방법

1. 거울 속의 자신에게 미소 짓는 연습을 한다.

2. 사람들의 좋은 점을 찾아내 칭찬의 말을 건넨다.

3. 나 자신의 잘못은 인정하고 잘한 일은 침묵한나.

4. 고맙고 감사한 마음은 반드시 표현한다.

5. 때로는 큰 잘못도 눈을 감아준다.

6. 파트너를 아이들을 내 자신을 존중한다.

7. 매 순간 누구에게나 정직하자.

8. 나 자신을 가꾸는 일에 게을러지지 않는다.

9. 아무리 화가 나도 넘지 말아야할 선은 넘지 않는다.

10. 진정 원하는 것은 진지하게 요구한다.

11. 나 자신과 사랑에 빠져보자.

12. 갈등은 부드럽게 차근차근 푼다.

13. 소중한 사람들에게 진심어린 편지를 쓴다.

14. 마주치는 것들마다 감사의 마음을 갖는다.

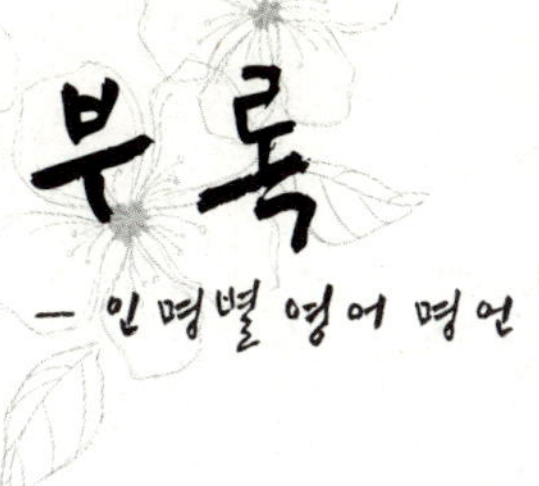

부록
— 인명별 영어 명언

■ 인물 알고 가기

- 마이클 조던(Michael Jeffrey Jordan) : 1963년생. 미국 농구 선수.
- 아서 애쉬(Arthur Robert Ashe, Jr.) : (1943~1993) 미국의 프로 테니스 선수.
- 오프라 윈프리(Oprah Gail Winfrey) : 1954년생. 미국의 언론 방송인이다.
- 요한 볼프강 폰 괴테(Johann Wolfgang von Goethe) : (1749~1832) 독일의 작가이자 철학자, 과학자이며, 한때 바이마르 공국의 재상이었다.
- 제임스 딘(James Byron Dean) : (1931~1955) 미국의 영화배우.
- T. S. 엘리엇(Thomas Stearns Eliot) : (1888~1965) 영국의 대표적 시인으로 '황무지' 가 대표작이다.
- 플로렌스 나이팅게일(Florence Nightingale) : (1820~1910)

영국의 간호사, 작가, 통계학자이다.

- 석가모니(Gautama Siddhārtha) : BC 6~4세기경에 활동한 불교의 창시자. 부처, 붓다, 고타마 붓다 등으로 부른다.

- 데일 카네기(Dale Carnegie) : (1888~1955) 학자, 데일 카네기 연구소 설립했다.

- 알렉산더 2세(Alexandr Nikolayevich) : (1818~1881) 러시아 왕실인.

- 마르쿠스 아우렐리우스(Marcus Aurelius) : (121~180) 고대 로마의 황제.

- 이솝(Aesop) : (BC 620~BC 560) 그리스의 우화 작가로 ‘이솝이야기’로 유명하다.

- 마오쩌둥(毛澤東) : (1893~1976) 중화인민공화국 정부 설립 및 주석.

- 에이브러햄 링컨(Abraham Lincoln) : (1809~1865) 제16대 미국 대통령.

- 나폴레옹 보나파르트(Napoleon Bonaparte) : (1769~1821) 프랑스 혁명기의 군인이자 정치가. 프랑스 제1제국의 황제 나폴레옹 1세로 즉위했다.

- 율리우스 시저(Gaius Julius Caesar) : (BC 100~BC 44) 고대 로마의 정치가, 장군, 작가이다.

- 르네 데카르트(Rene Descartes) : (1596~1650) 프랑스의 수학자, 철학자. 저서로 철학의 원리, 성찰록 등이 있다.

- 월트 디즈니(Walter Elias Disney) : (1901~1966) 미국의 영화

제작자, 디즈니랜드를 설립했다.

- 피터 F. 드러커(Peter Ferdinand Drucker) : (1909~2005) 미국의 경제학자.

- 빌 게이츠(William H. Gates) : 1955년생. 미국의 기업가로 마이크로소프트 설립 및 CEO.

- 아서 코난 도일(Arthur Conan Doyle) : (1859~1930) 영국의 소설가. 셜록홈즈전집 등이 있다.

- 토마스 A. 에디슨(Thomas Alva Edison) : (1847~1931) 미국의 발명가.

- 마하트마 간디(Mohandas Karamchand Gandhi) : (1869~1948) '마하트마(Mahatma)'는 '위대한 영혼' 이라는 뜻임. 인도의 정신적 · 정치적 지도자로, 독립운동가 겸 법률가, 정치인이다.

- 앨버트 슈바이처(Albert Schweitzer) : (1875~1965) 독일계의 프랑스 의사, 사상가, 음악가.

- 버트런드 러셀(Bertrand Arthur William Russell) : (1872~1970) 영국의 수학자, 철학자이자 논리학자.

- 폴 발레리(Paul Valery) : (1871~1945) 프랑스 사상가, 비평가, 시인.

- 캐서린 헵번(katharine hepburn) : (1907~2003) 미국의 영화배우로 대표적인 헐리웃 스타이다.

- 존 W. 가드너(John W. Gardner) : (1912~2002) 미국의 교육공무원, 심리학자.

- 마크 트웨인 : Samuel Langhorne Clemens 이 본명이다.(1835~1910) 미국의 소설가.≪톰 소여의 모험≫(1876), ≪허클베리 핀의 모험≫(1884) 등이 있다.
- 막심 고리키(Максим Горький) : (1868~1936) 러시아의 소설가. 본명은 알렉세이 막시모비치 페시코프(러시아어 : Алексе́й Макси́мович Пешко́в)이다. ≪어머니≫, ≪유년시대≫ 등이 있다.
- 존 듀이(John Dewey) : (1859~1952) 미국의 철학자, 교육학자.

■ 마이클 조던

• 실패를 인정할 수는 있지만 도전하지 않는 것은 용납할
  수 없다.
- I can accept failure, but I can't accept not trying.

• 전 어떤 일은 항상 노력한 만큼 결과가 있다는 것을 믿
  죠. 전 어떤 일이든 대충하지 않아요. 왜냐하면 대충하
  면, 결과도 대충 나온다는 것을 알고 있거든요.
- I've always believed that if you put in the work, the
  results will come. I don't do things half-heartedly.
  Because I know if I do, then I can expect half-hearted
  results.

• 재능이 게임들을 이기지만, 팀워크와 총명함이 챔피언십
  을 이긴다.
- Talent wins games, but teamwork and intelligence
  wins championships.

• 내가 성공할 수 있었던 이유는 내가 실패를 거듭했었기
  때문이다.
- I've failed over and over and over again in my life

and that is why I succeed.

- 어떤 사람은 그것이 일어나길 원하고, 어떤 사람은 일어날 거라고 소망하고, 다른 사람은 일어나게끔 만든다.
- Some people want it to happen, some wish it would happen, others make it happen.

■ 아서 애쉬
- 성공으로의 중요한 열쇠는 자신감이다. 자신감으로의 중요한 열쇠는 준비성이다.
- One important key to success is self-confidence. An important key to self-confidence is preparation.

■ 오프라 윈프리
- 지금 현재에 충실하게 있는 것은 앞으로 최고의 자리에 있을 수 있도록 해 준다.
- Doing the best at this moment puts you in the best place for the next moment.

■ 요한 볼프강 폰 괴테
- 인생에서 중요한 것은 인생 그 자체이지, 인생의 결과가

아니다.
- What is important in life is life, and not the result of life.

• 오늘 시작되지 않은 일은 절대 내일 끝날 수 없다.
- What is not started today is never finished tomorrow.

• 우리는 항상 많은 시간을 가지고 있다, 우리가 제대로 사
· 용하기만 한다면.
- We always have time enough, if we will but use it aright.

• 지배하는 것은 쉽지만 다스리는 것은 어렵다.
- To rule is easy, to govern difficult.

• 친구들을 속이는 것보다 속임 당하는 게 낫다.
- It is better to be deceived by one's friends than to deceive them.

■ 제임스 딘

• 당신이 평생 살 것같이 꿈을 꿔라. 그리고 내일 죽을 것
처럼 오늘을 살아라.
- Dream as if you'll live forever. Live as if you'll die today.

■ T. S. 엘리엇

• 오늘날의 사업은 관중을 설득하는 것에 있다.

- Business today consists in persuading crowds.

■ 플로렌스 나이팅게일

• 병원의 첫 번째 중요한 조건은, 아픈 사람들에게 해를 끼치지 말아야 하는 것이다.

- The very first requirement in a hospital is that it should do the sick no harm.

■ 석가모니

• 진실의 길을 가는데 누군가가 저지를 수 있는 실수는 오직 2가지가 있다; 모든 길을 다 가보지 않는 것, 그리고 아예 시작조차 하지 않는 것이다.

- There are only two mistakes one can make along the road to truth; not going all the way, and not starting.

■ 데일 카네기

• 힘든 일을 먼저 하라. 쉬운 일들은 스스로 해결될 것이다.

- Do the hard jobs first. The easy jobs will take care of themselves.

■ 알렉산더 2세

• 밑에서 농노제가 폐지되기를 기다리는 것보다 위에서 농노제를 폐지하는 것이 낫다.

- It is better to abolish serfdom from above than to wait for it to abolish itself from below.

■ 마르쿠스 아우렐리우스

• 어떤 사람이 좋은 사람인가 하는 논쟁으로 시간을 낭비하지 말라. 스스로 좋은 사람이 되어라.

- Waste no more time arguing what a good man should be. Be one.

• 만약 그것이 옳은 일이 아니라면 행하지 말라; 진실하지 않은 것이라면 말하지 말라.

- If it is not right do not do it; if it is not true do not say it.

• 마치 당신의 마지막 날인 것처럼 살라.

- Do every act of your life as if it were your last.

• 가난은 죄악의 어머니이다.

- Poverty is the mother of crime.

■ 이솝

• 확신 있는 적보다 미심쩍은 친구가 더 나쁘다. 사람이 둘 중에 하나여야 그 사람을 어떻게 맞서야 할지 알 수 있다.

- A doubtful friend is worse than a certain enemy. Let a man be one thing or the other, and we then know how to meet him.

■ 마오쩌둥

• 전쟁은 전쟁으로서만이 없앨 수 있다. 그리고 총을 없애기 위해서는 총을 드는 수밖에 없다.

- War can only be abolished through war, and in order to get rid of the gun it is necessary to take up the gun.

■ 에이브러햄 링컨

• 모든 사람들을 어느 정도 속일 수는 있다. 또한 어떤 사람들을 항상 속일 수도 있다. 그러나 모든 사람을 항상 속일 수는 없다.

- You can fool all the people some of the time, and some of the people all the time, but you cannot fool all the people all the time.

■ 나폴레옹 보나파르트

• 신체를 위한 가장 좋은 치료는 평온한 정신이다.

- The best cure for the body is a quiet mind.

■ 율리우스 시저

• 왔노라, 봤노라, 정복했노라.

- I came, I saw, I conquered.

• 자신이 하는 일에 흥미를 가지지 못하는 사람은 성공하기 힘들다.

- People rarely succeed unless they have fun in what they are doing.

■ 르네 데카르트

• 훌륭한 정신을 가지는 것만이 다가 아니다; 중요한 것은 그것을 잘 사용하는 것이다.

- It is not enough to have a good mind; the main thing is to use it well.

• 나는 생각한다. 고로 나는 존재한다.

- I think; therefore I am. (Coquito, Ergo Sum)

■ 월트 디즈니

• 우리는 궁금하기 때문에 계속 전진하고, 새로운 문을 열고, 새로운 것들을 시도한다. 궁금증이란 건 우리를 늘 새로운 길로 안내한다.

- We keep moving forward, opening new doors, and doing new things, because we're curious and curiosity keeps leading us down new paths.

• 시작한다는 건 말은 그만하고 그 일을 시작하는 것이다.

- The way to get started is to quit talking and begin doing.

■ 피터 F. 드러커

• 효율성이란 일들을 올바르게 하는 것이다; 효과성은 올바른 일들을 하는 것이다.

- Efficiency is doing things right; effectiveness is doing the right things.

• 일의 생산성은 노동자의 책임이 아니라 경영자의 책임이다.

- The productivity of work is not the responsibility of the worker but of the manager.

• 의사소통에서 가장 중요한 것은 말하지 않은 것을 듣는 것이다.
- The most important thing in communication is hearing what isn't said.

• 시간은 항상 부족한 자원이며 시간을 관리하지 못하는 자는 다른 아무것도 관리할 수 없을 것이다.
- Time is the scarcest resource and unless it is managed nothing else can be managed.

• 사업은 쉽게 정의가 내려진다. 그것은 바로 남의 돈이다.
- Business, that's easily defined - it's other people's money.

• 비즈니스의 목적은 고객을 창조하는 데에 있다.
- The purpose of a business is to create a customer.

• 경영은 올바르게 행동하는 것이다. 리더십은 올바른 행동을 하는 것이다.
- Management is doing things right; leadership is doing the right things.

- 위험을 감수하지 않는 사람은 보통 일 년에 두 번 정도 잘못을 저지른다. 위험을 감수하는 사람 역시 보통 일 년에 두 번 정도 잘못을 저지른다.
- People who don't take risks generally make about two big mistakes a year. People who do take risks generally make about two big mistakes a year.

■ 빌 게이츠

- 당신이 많은 것을 배우고 싶다면 당신에게 가장 불만이 많은 고객에게 배우십시오.
- Your most unhappy customers are your greatest source of learning.

■ 아서 코난 도일

- 상상력이 없는 곳에는 공포도 있을 수 없다.
- Where there is no imagination there is no horror.

■ 토마스 A. 에디슨

- 천재는 1%의 영감과 99%의 노력으로 만들어진다.
- Genius is one percent inspiration and ninety nine percent perspiration.

• 지식의 가치는 그것을 쓰는 데에 있다.

- The value of an idea lies in the using of it.

• 우리의 최대 약점은 포기하는 것에 있다. 성공하는 가장
확실한 길은 항상 단지 한 번 더 시도해 보는 것이다.

- Our greatest weakness lies in giving up. The most
certain way to succeed is always to try just one more
time.

• 많은 인생의 실패는 사람들이 포기할 때 성공에 얼마나
가까웠는지를 깨닫지 못해서 생긴다.

- Many of life's failures are people who did not realize
how close they were to success when they gave up.

• 당신의 가치는 당신이 어떤 사람이냐에 있지 무엇을 가
지고 있느냐에 있지 않다.

- Your worth consists in what you are and not in what
you have.

■ 마하트마 간디

• 분노와 편협함은 올바른 이해의 적이다.

- Anger and intolerance are the enemies of correct understanding.

• 내일 죽을지 모르는 것처럼 살고, 영원히 살 것처럼 배워라.
- Live as if you were to die tomorrow. Learn as if you were to live forever.

■ 앨버트 슈바이처

• 성공은 행복의 열쇠가 아니다. 행복이 성공의 열쇠이다. 만약 당신이 하는 일을 사랑한다면, 당신은 성공할 것이다.
- Success is not the key to happiness. Happiness is the key to success. If you love what you are doing, you will be successful.

■ 버트런드 러셀

• 참된 삶이란 사랑에 의해 격려 받고 지식에 의해 이끌어진다.
- The good life is inspired by love and guided by knowledge.

■폴 발레리

• 생각하는 대로 살지 않으면, 머지않아 사는 대로 생각하게 된다.

- You must live as you think. If not, sooner or later you will end by thinking as you have lived.

■캐서린 헵번

• 역경이 없으면 인생도 없다.

- Without discipline, there's no life at all.

■존 W. 가드너

• 인생은 지우개 없는 그림그리기이다.

- Life is the art of drawing without an eraser.

■마크 트웨인

• 좋은 친구, 좋은 책 그리고 살아있는 양심이야 말로 가장 이상적인 인생이다.

- Good friends, good books and a sleepy conscience: this is the ideal life.

• 좋은 책을 읽지 않는 사람은 좋은 책을 읽을 수 없는 사

람보다 나은 게 없다.

- The man who does not read good books has no advantage over the man who cannot read them.

• 당신 자신에게 기운을 북돋우는 가장 최선의 방법은 다른 사람의 기운을 북돋우는 것이다.

- The best way to cheer yourself up is to try to cheer somebody else up.

■ 막심 고리키

• 행복은 손안에 있을 때는 항상 작아 보인다. 그래서 이를 놓아준다. 그 후 이 행복이 얼마나 귀중하고 큰지 알게 된다.

- Happiness always looks small while you hold it in your hands, but let it go, and you learn at once how big and precious it is.

• 일이 즐거우면, 삶이 즐겁다. 일이 의무라 느껴지면, 삶이 고단해진다.

- When work is a pleasure, life is a joy! When work is a duty, life is slavery.

• 착하고, 친절하고, 인간미 있고 자비로워져라. 당신의 친구를 사랑해라. 병든 사람을 위로해라. 잘못한 사람을 용서해라.

- Be good, be kind, be humane, and charitable; love your fellows; console the afflicted; pardon those who have done you wrong.

■ 존 듀이

• 교육은 미래의 인생을 위한 준비가 아니라 삶 자체다.

- Education is not preparation for life; education is life itself.

편집을 마치며

"위대한 책의 척도는 읽고 싶은 횟수에 달려 있다."

이 말은 그리스의 소설가 래프카디오 헌(Lafcadio Hearn)이 한 말이지만, 멘토 2.0을 기획하는 동안 '방대한 분량을 어떻게 추리고 줄여서 한 권으로 만드나?', '어떤 내용이 현 시대의 화두일까?', '과연 이 책이 독자들에게 의미가 있을까? 하는 고민에 내내 시달렸다.

결론은 누구를 위한 것도 아닌 나를 위한 것, 나만을 위한 것을 만들기로 하였다. 제목도 ≪나의 멘토≫에서 ≪나만의 멘토≫로 수정을 하였고, 많은 문헌이나 명언 중에서 나에게 필요한 것, 내가 납득할 수 있는 내용들로만 구성하였다.

이 시대를 살면서 미처 생각해보지 못했거나 알면서도 실천하지 못한 것들, 또는 판단이 서지 않을 때 참고가 될 만한 것, 지치고 힘들 때 반추해볼만한 구절들로서 평생의 친구이자 멘토로 삼을 수 있는 것으로 구성하였다.

물론 과거와 현대를 살아가는 삶들의 처세와 지적인 고민에서 출발한 철학적인 측면도 있으나 일반적으로는 인구에 회자되는 고사성어의 재해석과 숨은 의미를 되새김함으로서 고단한 삶에 정신적 물질적 삶을 영위할 수 있는 단초가 되기를 기대해본다.

해석의 오류나 이견이 있다면 추후 증보판에서 상세히 다룰 것이며, 독자 여러분의 많은 지적을 바라마지 않는다.

2010. 1. 엮은이